COLLECTION FRIVOLE

Mademoiselle Myriane, Gommeuse

Publications
Littéraires Illustrées

13, RUE THÉRÈSE, 13

Paris

Nº 8

Il paraît un volume au commencement de chaque mois.

COLLECTION FRIVOLE

Volumes illustrés à 0 fr. 60

Courand et Cie, Éditeurs, 13, rue Thérèse, Paris

Voulez-vous rire? Voulez-vous vous amuser? Achetez les romans de la **COLLECTION FRIVOLE**, vous y trouverez la joie et la gaieté.

La **COLLECTION FRIVOLE** est le remède souverain contre l'ennui et la neurasthénie.

Chaque roman, parfaitement illustré, ne coûte que 0 fr. 60.

VOLUMES PARUS :

Mademoiselle Myriane

GOMMEUSE

✣

(Mœurs de Beuglant.)

✣

DU MÊME AUTEUR

LA POÉSIE SOCIALE CONTEMPORAINE. . . . .(Épuisé.)
L'HEURE QUI PASSE. Préface de Clovis Hugues. (3ᵉ mille.) Couverture
illustrée par G. de Ribaucourt. (Méricant.) 1 vol. 3 50
JEAN LORRAIN. Son enfance, sa vie, son œuvre. (6ᵉ mille.) Illustré de
12 hors-texte. Couverture de G. de Ribaucourt. (Méricant.) 1 vol. . . . 3 50
LA QUESTION CATALANE, 1 vol. illustré de 10 hors-texte photogra-
phiques. (Bloud et Cⁱᵉ.) (1ᵉ édition.). . . . . 1 »
ARTICLES DE PARIS. HORIZONS DE PROVINCE. 1 vol. . . (Sous presse.)
L'HONNÊTE HOMME. Un acte en prose.
LE POISON DE LA RIVIERA, roman. . . . . (En préparation.)
MADAME DE POMPADOUR, roman historique. (Les Publications litté-
raires illustrées). . . . . (Sous presse.)

En Collaboration avec M. C. POINSOT :

TROIS ROMANS SUR LA CRUAUTÉ HUMAINE.

L'ÉCHELLE, roman contemporain. (Fasquelle.) (3ᵉ mille.) 1 vol. 3 50
Traduit en anglais sous le titre LIKE NERO. (Society of British Biblio-
philes.) Illustrations de Mas . . . . 1 guinée
TCHÉRIKOF, roman historique. (Carrington.) Avec 12 eaux-fortes de
Martin Van Maële. 1 vol. . . . . 40 »
LES VAUTOURS, roman historique. (Carrington.) 1 vol. . . . . (Sous presse.)

TROIS ROMANS SUR LA BEAUTÉ DE VIVRE.

LA MORTELLE IMPUISSANCE, roman du dilettantisme. (2ᵉ mille).
(Fasquelle). 1 vol. 3 50
LA FAILLITE DU RÊVE, roman du relativisme. (3ᵉ mille.) (Fasquelle.)
1 vol. 3 50
LES TITANS VAINCUS, roman du laïcisme. 1 vol. . . . . (Sous presse.)

TROIS ROMANS SUR LE PEUPLE.

LA FILLE DE L'USINIER, roman populaire. . . . . (Sous presse.)
ÉTIENNE . . . . (En préparation.)
LE QUATRIÈME ÉVANGILE . . . . (En préparation.)

TROIS VOLUMES DE CONTES.

MALES. (2ᵉ mille.) Couverture illustrée de Renefer. (Librairie Univer-
selle). 1 vol. 3 50
AMOURS. (4ᵉ mille.) Couverture illustrée de Georges de Ribaucourt.
(Méricant). 1 vol. 3 50
TYPES. 1 vol. . . . . (En préparation.)

ANARCHISTES, 3 actes en prose. Grand Théâtre municipal de Lille.
(Mars 1905.) 1 broch. . . . . 1 »
LE CONGRÈS DES POÈTES (de 1901), préface d'Adolphe Boschot.
1 vol. (Maréchal, édit., à Rouen.). . . . . (Épuisé.)
SUR LES TENDANCES DE LA POÉSIE NOUVELLE, brochure. . .(Épuisé.)
LE ROMAN ET LA VIE, brochure . . . .(Épuisé.)
ANTIDE BOYER, essai de biographie sociale . . . .(Épuisé.)

GEORGES NORMANDY

Mademoiselle Myriane

GOMMEUSE

(MŒURS DE BEUGLANT)

> « Il faut aller au café-concert de Paris pour juger le
> « degré d'imbécillité auquel nous pouvons atteindre.
> « Il faut visiter les beuglants de province pour
> « constater la profondeur de notre déchéance. »
>
> . . . .
>
> « Car, n'en doutez pas, on ne conserve le beuglant,
> « en France, que pour les récréations charnelles de
> « messieurs les fonctionnaires et officiers céliba-
> « taires. »
>
> ANDRÉ IBELS (*La Traite des Chanteuses*).

ILLUSTRATIONS DE

STEINLEN, LEMPEREUR, MAURICE NEUMONT, LUBIN DE BEAUVAIS
CARL HAP, GONZAGUE-PRIVAT, LUCIEN ROBERT, GIL BAËR
BERTHOLOTI ET LOBEL.

PARIS

PUBLICATIONS LITTÉRAIRES ILLUSTRÉES

13, RUE THÉRÈSE, 13

A MES AMIS

EMMANUEL ANTIDE-BOYER

ET

LÉON ET FÉLIX ARNAUD

Je dédie affectueusement ces pages, en souvenir d'heures déjà lointaines vécues au milieu des fumées et des brumes septentrionales et, aussi, parmi les rochers rouges et les vagues bleues des cités du soleil.

G. N.

AVERTISSEMENT

En 1904, Paul Adam écrivait ceci : « Si je regarde Otéro, je
« suis ému par la beauté de ses lignes robustes, par la vigueur
« de son masque brutalement coloré en noir, en rouge, en
« jaune, comme un portrait de maître impressionniste... Cou-
« rons au music-hall où se cambrent les filles les mieux choi-
« sies ! Il n'est pas que les musées illustres pour enfermer des
« déesses dont les épaules se puissent comparer à celles d'Elise
« de Vère. Dans les tableaux les plus justement loués, nous
« chercherions en vain la perfection d'une Yvonne de Rycke ou
« d'une Pébrel, orgueil légitime des petites scènes favorables à
« la présentation de la beauté. » Bien que je m'associe, même
après trois longues années, aux louanges que le maître-écrivain
des Lions et de Clarisse et l'Homme heureux décerne à toutes
ces douces enfants — enfants jusqu'à ce que l'âge de la retraite
leur donne le droit de vivre trente ans en un jour, en délaissant
le fard pour la première fois, et d'être laides en paix — je
crains que, dans notre siècle d'utilitarisme, la plupart des
fêtards étiques et des bourgeois pansus qui vont aux concerts,
contemplent toutes ces dames avec une pensée différente de
celle qui les mène — oh ! bien rarement ! — voir la Victoire
de Samothrace. La femme de marbre, pour eux, ne sert à rien.
Evidemment !

Si l'on en doutait, il suffirait d'aller visiter les beuglants et
les bouis-bouis qui déshonorent la France de toutes parts. J'ai
écrit Mlle Myriane, gommeuse, pour dénoncer, une fois de plus,
cette plaie sociale. A Paris, dans les music-halls où l'art ne
sert à dissimuler que la prostitution consentie — et nécessaire
tant que l'insouciance et la lâcheté humaines nécessiteront le
maintien des codes — l'art peut exister, la beauté peut s'épa-
nouir avec une orgueilleuse et moralisante impudeur. En Province, quelques-unes de nos villes principales copient Paris.

Cela est bien. Je ne demande pas au concert, moi, ce que je trouve dans les salles du Louvre, bien que, je le confesse à ma honte, Mlle Alice de Tender ne soit pas sans beauté si elle est sans voix. Mais il n'y a que dans ces établissements, parmi l'outrance d'un éclairage féerique, que je retrouve diverses impressions étranges procurées, par exemple, par certains acrobates spéciaux. Norman French est un de ces acrobates comme Little Tich et Raggessen. Raggessen, le diabolique casseur d'assiettes, garçon d'un restaurant où l'on mangerait des cadavres de damnés et des herbes cueillies par une nuit de sabbat; Little Tich, Kerrigan hilare et silencieux qu'on verrait sans surprise jouer à saute-mouton sur des cercueils fendus; Norman French, enfin, leur maître, squelette impassible en habit de soirée, larve irréelle aux contorsions invraisemblables exécutées avec un calme et une aisance fantastiques, sorte de viveur d'outre-tombe, venant railler ceux qui existent encore, spectre terrifiant, hallucinant, à faire rêver, dans sa bière, Félicien Rops, Norman French, symbole de la Noce, Mère de la Mort!... J'avoue préférer les gestes de ces artistes aux fadaises et aux scatologies des milliers de chanteurs qui sévissent à Paris et ailleurs. Mais ce n'est pas le lieu d'épiloguer sur la faillite de la chanson de « caf' conc' » — le music-hall ne déclinera pas pour cela. Le refrain inepte et sale lasse le public. Le music-hall lui fournira autre chose.

Les grands établissements offrent donc parfois des sensations très artistiques qu'on ne trouve pas ailleurs. Il est utile. Toulouse-Lautrec suffirait à prouver que je ne fais pas du paradoxe.

Mais en banlieue, en Province, à Paris même dans certains quartiers — et pas toujours dans les plus misérables — connaît-on les établissements qui se décorent du titre de café-concerts? Sait-on ce que l'on y chante, ce que l'on y ose, ce que l'on y tolère?... Plusieurs de nos confrères justement émus, jetèrent le cri d'alarme; Henri Ranoux, dans la Petite République et André Ibels, surtout, dans son volume essentiellement documentaire: La Traite des Chanteuses; d'autres... Le gouvernement s'est ému. Un décret a supprimé officiellement les quêtes. Et l'on s'est occupé d'autre chose. Le mal persiste et il s'aggrave... Les « agents lyriques » continuent avec tranquillité leurs répugnants trafics; la prostitution clandestine et obligatoire, en fait, ravage nos provinces et métamorphose des talents de théâtre en talents de maisons closes; les jeux sont supprimés et l'on joue plus que jamais dans la plupart de nos sous-préfectures, les quêtes sont interdites, mais les artistes sont « aimables », par ordre, avec la clientèle — et même, dans certains coins perdus, on quête encore. Les ateliers et les familles sont désertés de plus en plus par la volonté des pourvoyeurs et des traitants. Et tout est pour le mieux dans le plus décadent des mondes.

Je ne veux m'occuper, dans ce petit livre, que de la France, car si je voulais étudier l'étranger et nos colonies — l'Algérie en particulier — je ne finirais plus. Là-bas le mal est effrayable. J'ai écrit Mlle Myriane, gommeuse, pour saisir le grand public, frivole et repris par tous les bluffs d'une presse avant tout commerçante. Un roman vendu soixante centimes sera lu par la petite ouvrière qui se sent attirée vers le concert, et il lui évitera peut-être la chute. Un ouvrage documentaire vendu 3 fr. 50 n'ira que dans les mains de l'élite. Et s'il provoque la promulgation d'une loi, cette loi, comme toutes les lois, demeurera impuissante à réformer les mœurs

Qu'on veuille bien ne voir dans cet ouvrage qu'une esquisse, une ébauche que je compléterai et que j'achèverai plus tard. J'ai choisi deux villes, très différentes, pour y faire évoluer mes personnages: Lille et Tarascon, le Nord et le Midi, car le péril est partout. Cette situation, qui précise mes cadres, m'a permis d'estomper l'ignominie des hommes dans la splendeur des paysages, de noyer l'horreur — seulement indiquée, à dessein — de quelques situations dans la magie de la lumière ou dans la mélancolie de la brume. Tous mes personnages sont des synthèses d'observations isolées. Mon héroïne seule a vécu. Je l'ai connue jadis et elle est morte, comme je l'indique, contaminée à la suite d'un viol. C'était une gosseline intelligente, naïve et douée. La salauderie humaine a fait d'elle une créature déchue. Son cas n'est pas unique. Je prie mes lecteurs de vouloir bien se persuader que dans les pages qui vont suivre, je suis resté constamment au-dessous de l'odieuse réalité. Rien n'est plus invraisemblable que la vérité. S'ils en doutaient, qu'ils lisent l'œuvre d'Ibels — ou mieux qu'ils observent eux-mêmes.

Je suis bien sûr de n'avoir point créé une belle œuvre, puisque je ne donne ici qu'une esquisse rapidement exécutée. Mais je crois fermement avoir fait une bonne œuvre.

GEORGES NORMANDY.

Mademoiselle MYRIANE, gommeuse.

CHAPITRE PREMIER

De l'Hôpital.

« Lille, le 11 août.

« Mon cher Charles,

« Tu le diras encore cette fois-ci que j'ai tardé à t'écrire.
« Cette fois j'ai une excuse, mais malheureusement plus grave
« que la dernière fois. Tu sais que dans notre métier il y a
« toujours des jaloux. On a voulu me faire du tort, et c'est
« une femme de concert (la rousse que tu regardais et qui te
« déplaisait tant) qui a envoyé une lettre anonyme au commis-
« saire, disant que j'avais la maladie. Moi, sachant que je
« n'étais pas malade, je me suis présentée très franchement à
« la police, mais, malheureusement, j'avais ce que beaucoup
« de femmes ont, c'est-à-dire des fleurs blanches *(sic)*. Je les
« avaient *(sic)* ayant encore mon pucelage. Alors tu vois que
« ça peut arriver à tout le monde *(sic)*.
« On m'a fait rentrer à l'hôpital et c'était là mon cau-
« chemar.
« Heureusement que, malgré tout, il y a encore de bonnes
« personnes. En effet, si l'on ne m'avait pas consolée un peu,
« à l'heure qu'il est je n'y serai plus tant je suis désespérée.
« Ne crois pas que ce sont des paroles en l'air, car, je te le
« promets, si j'avais su pourquoi, je n'y serais pas allée et
« j'aurais fait un malheur.
« Je m'ennuie à mourir ici. Personne ne vient me voir et je
« suis à me demander si je pourrai encore chanter à Lille en

« sortant d'ici. J'en ai que *(sic)* pour une quinzaine de jours.
« Aussi je vais te demander que tu m'adresses tes lettres ici
« jusqu'à ce que je t'avertisse du changement. Voici l'adresse :

MADEMOISELLE **MYRIANE**

ARTISTE

A l'Hôpital Saint-Christophe
Salle N° 5

LILLE (Nord).

« Enfin, il est inutile de m'arrêter plus longtemps sur ce
« point, car quand j'y songe il m'est impossible de refouler
« mes larmes. J'ose compter sur toi pour recevoir une longue
« lettre de consolation. Etant ici, comme tu dois bien le
« penser, il m'est impossible de suivre tes conseils pour lire
« et pour m'instruire. Mais sois certain que, sitôt sortie de
« cette *prison*, je me ferai un plaisir de les suivre.
« Je te quitte, car j'ai hâte de recevoir de tes nouvelles, et
« plus tôt ma lettre sera partie, plus tôt tu la recevras.
« En attendant, reçois, mon cher Charles, les meilleurs
« baisers de

« Ta petite amie qui t'aime,

« HÉLÈNE. »

Pauvre lettre d'enfant ayant trop tôt connu toutes les douleurs et toutes les hontes d'un monde spécial et spécialement
abject ! Misérable petit carré de papier couvert d'une écriture
gauche et appliquée d'écolière ! Triste missive dans laquelle la
main fragile de la signataire avait eu la touchante attention
de placer une feuille de lierre — tout ce qu'elle avait pu trouver
de gracieux entre les murailles noires et revêches de l'Hôpital
Saint-Christophe.

Elle venait de là-haut, cette lettre, de cette Lille-en-Flandre,
si tragique et si morne, perdue dans la brume qui monte des
eaux et dans celle qui jaillit des cheminées d'usines.

Charles Verneau, assis devant sa table de travail, les yeux
un peu brouillés, relisait le message plaintif que la concierge
venait de lui remettre. Cinq heures tintaient au clocher de

Saint-Augustin et la nuit déjà tombait. Paris s'enveloppait de cendre...

— Un vrai temps de Toussaint... murmura le jeune homme.

Il demeura un instant silencieux, considérant machinalement ses compas épars et le projet d'usine qu'il exécutait. Puis :

— Comme elle doit avoir froid là-bas, la pauvre gosse !...

Il songea à allumer la lampe, mais il ne bougea pas. Le menton appuyé dans ses deux mains il resta immobile, les yeux grands ouverts sur les ténèbres plus denses de minute en minute, — combien de temps ?... Il oubliait tout, sa situation actuelle, sa besogne, ses tracas professionnels de jeune ingénieur, l'heure de son dîner... Il évoquait son passé — si récent encore ! — ses trois années de vie d'étudiant, alors qu'il suivait les cours de l'*Institut Industriel du Nord de la France*.

Le silence de la rue de Naples sur laquelle donnait son petit appartement était à peine troublé, de loin en loin, par le grelot d'un fiacre paresseux ou le froufrou d'une automobile électrique...

❦ ❦ ❦

CHAPITRE II

Lille-en-Flandre.

... Sa vie d'étudiant!... Quelle multitude de remarques et de souvenirs elle faisait naître dans l'esprit du jeune homme! Il se revoyait, après avoir gravi le calvaire inutile des examens, quittant au milieu des larmes d'usage et des recommandations de sa famille, le fracas de la capitale. Ce voyage!... Combien de fois l'avait-il accompli pendant ces années de labeur et de liberté, combien de fois?... A toutes les vacances... Il connaissait le trajet comme nul autre; aucun des aspects naturels se succédant sur le passage du chemin de fer ne s'était effacé de sa mémoire. Ah! cette randonnée périodique lui pesait bien à la fin lorsqu'il repartait vers la cité des brouillards et des fumées. Surtout l'hiver quand la neige lui mettait du froid et de la blancheur dans l'âme et dans le cœur!... Néanmoins Charles Verneau ne conservait aucune rancœur de son séjour à Lille. On aime toujours le pays où l'on vit libre.

Jusqu'à ce qu'il fut reçu à l'*Institut Industriel du Nord,* — une des « grandes écoles » dont rêvent tous les pères soucieux de voir leur fils « réussir » dans « l'industrie », —le jeune homme avait été soumis alternativement à la tutelle, pourtant assez douce, de sa famille et à la captivité immorale, illogique et barbare de l'internat. Mais dès qu'il fut admis à l'*Institut,* il fut proclamé qu'un « garçon de cet âge... élève de cette grande école... » devait vivre plus indépendant pour pouvoir mieux travailler... et que la vie d'étudiant constituait, lorsqu'on savait la vivre, un bon apprentissage de la « lutte pour l'existence... » Lesté d'une somme suffisante, Charles partit.

Ah! la traversée de la banlieue de Paris qui, peu à peu, s'égaye vers Liancourt!... Devant le couchant qui trempait des laques pourpres dans les marais picards, le nouvel « étudiant » évoqua, d'après ses lectures, des rivages italiens. Il fut ému en écoutant la chanson des peupliers de Corbie qui commençaient à perdre leurs feuilles jaunes — comme des vieillards

La rue Faidherbe grouillante de passants mêlant leurs
redingotes, leurs paletots, leurs jupes... (Page 16.)

mourants laissant échapper, au hasard, leurs dernières pièces d'or. Il obéit au geste des premiers moulins à vent surgis à Corbehem, et il arriva à Lille dans un fracas d'aiguilles brutalement ouvertes et de plaques tournantes secouées.

Lille. Cette première vision de la cité dans laquelle il devait vivre intensément les plus belles années de sa jeunesse, demeurait toujours très précise, avec ses moindres détails, dans l'esprit de Charles Verneau.

La gare ! La gare énorme, sévère, tout en fer. La ville ensuite. Du moins on croit que c'est la ville... Une animation aussi intense que celle de Paris peuple les rues. Des *cars* tout battant neuf, grincent sur les rails qui font le tour de la place de la Gare et déchirent le grondement incessant de la cité à coups de timbre. Des « D'sirés » du quartier Saint-Sauveur, et des « Deuph's » de Roubaix offrent, pas loin, non « la belle Valence » des boulevards, mais :

— Des *oranches*... des belles *oranches!*...

Et l'on a ressenti tout de suite, dès l'arrivée, une amertume et une terreur irraisonnées.

La rue Faidherbe, grouillante de passants fébriles, marqués au front par l'angoisse générale, mêlant leurs redingotes, leurs paletots, leurs varouses.

Ce jour-là, — Verneau se souvient avec émotion, — la nuit pleuvait sur la cendre diurne en gouttes vertes et bleues... Il cheminait depuis quelques instants, la valise à la main, lorsque soudain, de toutes parts, les lampes à arc de l'éclairage public scintillèrent. Des rideaux de fer glissèrent devant les glaces des magasins comme le couperet de la *Veuve* descend entre ses portants couleur de sang. Sur une façade, un mot apparut en lettres rouges : *Bodega*. Plus loin, une chaîne d'ampoules électriques écrivit : *Posada*.

Il ignorait encore ce qu'étaient ces établissements, mais il les connut mieux que quiconque par la suite, aux heures nocturnes, aux heures où, las de travailler et d'être seul, il venait y chercher du mouvement et de la volupté. *Bodega! Posada!*... établissements notoires où les buveurs de bière aux joues roses viennent déguster les vins incendiaires d'Orient, d'Espagne, de tous les pays du soleil où les boissons rutilent et où les épidermes se dorent comme les pierres. *Bodega, Posada...* Des toilettes froufroutantes s'engouffrent dans ces cabarets (les tziganes d'usage y plastronnent et étirent des valses lentes sur leurs violons trop sonores), à la sortie des spectacles, de ces tristes spectacles « parisiens » où le public septentrional n'applaudit jamais, n'écoute pas et dont il s'échappe avant la scène ultime !

Car le Nord a ses spectacles à lui, pour lesquels il se passionne. Verneau se souvient de l'avoir vu, ce Nord, d'apparence flegmatique, fou de férocité aux combats de coqs de la place Saint-Martin, et des quartiers populaires où pleurent, les jours de fêtes, des orchestrions inlassables et des accordéons sanglotants parmi les hoquets des ivrognes ! Il avait constaté les traces de l'occupation espagnole, parmi cette population à laquelle les conquérants inoculèrent la nervosité des faubourgs ibériques. Il nota curieusement les croisements énigmatiques produits par le mélange de deux races aussi antinomiques — ces croisements surprenants, énigmatiques, affolants, anormaux, admirables, que l'on rencontre aux carrefours pauvres de la cité industrielle. Car, — il s'en aperçut bien vite, — la ville n'existe pas dans les quartiers neufs.

Pour bien comprendre Lille, — ville très particulière et qui n'est pas la Flandre, — il l'alla chercher dans ses rues populeuses, dans ses impasses honteuses, dans ses couloirs infâmes, dans ses venelles les plus sinistres. Les hôtels somptueux, les palais immenses, les églises rares et tragiques, sous leurs pierres sombres, comme des dessins de Victor Hugo réalisés, les usines gigantesques aux mille fenêtres aveugles, les rues vastes et cosmopolites, les paletots banals et les toilettes des courtisanes, qu'importe !

Il faut aller dans les faubourgs — et Charles le comprit vite — il faut aller sur les quais mornes de la Deule immonde, dans les repaires inconnus, vers les lieux inavouables où toute la race septentrionale se déchaîne, sans souci des conventions et des attitudes officielles. Il faut aller dans le Lille inconnu. Et qu'importe encore si, parmi ces infortunes, ces déchéances, ces cruautés, il sied d'avoir le revolver au poing?... Oh! le fouillis médiéval des maisons de la *Place aux Oignons* où d'énormes rats vivent dans les rues! La splendeur ignoble de la rivière pourrie qui passe sous le hideux *Pont d'Amour* et fuit entre les maisons titubantes et sous le vomissement de mille tuyaux d'égout, on ne sait en quel cloaque!... Oh! ces monuments déchus du quartier de la Basse-Deule, où les fleurs de lys martelées aux époques révolutionnaires et les clochers mutilés (où de pauvres airains jasent encore) dominent des passions atroces et magnifiques de violence!... Oh! les rues anciennes du *Curé-Saint-Etienne* (des Carolus Duran authentiques, avait-on dit à Verneau, y trônent dans des maisons infâmes), la *rue de la Halloterie,* la *rue des Trois-Mollettes,* où de misérables savetiers travaillent et dorment dans des caves humides!

Comment le jeune ingénieur ne se rappellerait-il pas, dans

cette évocation, les enfers ouvriers qui prolongent la ville et où il s'égara parfois, en voulant s'évader de l'oppression citadine?.., Comment ne pas se rémémorer Fives, noir et silencieux, Pont du Lion-d'Or rouge et hurlant, Croix-Wasquehal, où quelques champs s'obstinent à verdir, Rougebarre, multitudes de maisons à briques sales, tassées en cités ouvrières, parmi des terrains vagues, où des gamins vagabondent, courent, criaillent, se roulent, vivent d'une existence exclusivement animale que perturbent seules les torgnoles et les cris des mères que le travail forcené aigrit et des pères qu'abrutit l'alcool absorbé dans les estaminets innombrables: *Au retour des Dondaines, A la Bonne Bistouille, Au Genièvre de Wambrechies*, etc... Et plus loin encore c'est Roubaix, ville de tous les meurtres et de toutes les folies, puis Tourcoing, localités extraordinaires où tout est démesuré, où la vie humaine n'a plus de valeur, où rien n'est sacré, où tout se mêle et se désordonne!... C'est Lille, Lille encore, Lille toujours, qui se prolonge indéfiniment comme une gangrène inguérissable.

C'est pourtant parmi la tristesse et les hideurs de cet enfer que Charles Verneau devait vivre les meilleures heures de sa vie, les meilleures heures : les premières heures de liberté et les grandes joies du premier amour — des joies qu'on n'éprouve pas deux fois entre les langes et le linceul!

CHAPITRE III

Jeunesse !

Les premières journées de Charles Verneau furent assez pénibles. On ne rompt pas impunément avec des habitudes de toujours. Il goûta l'ivresse douloureuse de se savoir seul dans une grande ville, responsable de tous ses actes, maître de son temps et de ses occupations. La tutelle familiale lui manquait en vérité. Une sorte de tremblement le secouait pendant qu'il allait à travers les rues pavées, cherchant un gîte, pas trop loin de la grande école, un gîte décent et point trop cher et lorsqu'il visitait les chambres qu'on lui proposait, ses yeux se mouillaient en songeant aux conseils puérils, à force d'être réitérés, de ses parents attristés par son départ. Sensible à l'excès, il eut la sensation d'être sans feu ni lieu tant qu'il n'eut pas trouvé de logis à sa convenance — et puis enfin il s'installa dans un petit appartement très clair de la rue Nationale. Dès que ses bagages furent défaits, dès qu'il se vit assis devant une table encombrée de ses livres, au milieu de meubles qui feraient désormais partie de son intimité, un immense bien-être l'envahit et il écrivit une lettre tendre à sa famille. Il mit son front contre les vitres et s'absorba dans la contemplation de l'horizon restreint sur lequel béaient ses larges fenêtres drapées de rideaux de guipure. Là, tout près, c'était l'agitation de la rue, le passage des cars fracassant l'air de coups de timbre ; puis, plus loin, le marché aux chevaux, désert avec ses peupliers aux fûts polis par le frôlement des bêtes désœuvrées, le marché clos de barres de fer traversant de très hautes

hornes. Plus loin encore, les petites maisons basses du faubourg ouvrier se blottissaient sous leurs toits de tuiles demi-
rondes : petites maisons où il doit faire bon, quand on est
pauvre, sentir qu'il fait froid et sombre dehors, sous la clarté
d'une lampe à pétrole et devant un feu de houille ou de déchets
de bois. Au delà de ces demeures, la masse sombre de l'*Institut
Industriel*, où Charles se rendrait chaque jour pendant trois
ans, après lesquels il obtiendrait enfin le diplôme, grâce auquel
il pourrait « faire sa trouée », selon l'expression de M. Verneau
père, — la masse de l'Institut Industriel, et tout là-bas enfin
l'océan d'ardoises des quartiers de commerce, où l'on travaille
le jour et des quartiers de joie, où l'on bamboche la nuit. Vice,
héroïsme, paresse et travail ! Verneau comprenait déjà tout
cela. Le mensonge des saisons, la brume des journées et la
fumée des usines ne voilent pas assez la vie douloureuse des
hommes dans cette ville frénétique. Oh ! les nuits de Lille, les
nuits pendant lesquelles la race du Nord tout entière, des mil-
liardaires aux tâcherons, donne libre carrière à ses élans, bons
ou mauvais, splendides ou atroces, — outranciers toujours,
admirablement !... C'est dans l'enfer de ces quartiers que
Charles Verneau devait rencontrer l'Amour.

Les hasards de la vie d'étudiant furent responsables de cette
rencontre. La vie d'étudiant !... Le jeune homme ne la vivait
que modérément. La vie d'étudiant, dans les villes très populeuses, c'est le frôlement constant de la jeunesse ardente à la
jeunesse ardente, c'est l'épanouissement de l'être nouveau
jusqu'alors entravé, c'est la folie des passions qui se déchaînent
toutes avec la puissance des forces neuves, c'est l'activité
physique et intellectuelle de l'individu avide de se donner, de
s'exténuer, de jouir et de savoir ; c'est, chez un nerveux comme
Verneau, une boulimie cérébrale et sensuelle d'impressions
irressenties mais soupçonnées et désirées, rendant parfois la
chair esclave du cerveau surexcité, c'est un dilettantisme
effréné, coupé de temps en temps de défaillances. Charles
vécut cette existence de tout son être, mais il travaillait aussi.
Il n'aimait pas le noctambulisme par dégoût ou par paresse
d'esprit — au contraire, il y trouvait des sensations intéres-
santes, il s'y éduquait, il voulait tout savoir de la vie — et la
nuit et l'ivresse sont seules capables de faire tomber, pour un
temps, les masques de l'humanité déjà meurtrie par l'expérience. Et s'il lui arrivait parfois de rentrer dans son petit
appartement solitaire, les membres las, les paupières lourdes,

la migraine aux tempes, ses études n'en souffraient pas. Il lui
advenait, certains matins, de se réveiller à côté de la lampe
devenue inutile dans la clarté du jour radieux revenu, écroulé
sur le Cours d'intégral qu'il achevait d'apprendre. La fatigue
physique était victorieuse de l'activité mentale surmenée.

Deux années durant la vie s'écoula, jamais monotone mais
sans incidents extraordinaires. Les examens de Verneau furent
très satisfaisants; ses relations avec ses collègues furent toujours cordiales. Dans les « noces » comme dans les études,
Charles ne fut jamais ni le premier ni le dernier. Il vit autour
de lui des jeunes gens se perdre dans la basse débauche,
s'égarer dans des amours dramatiques ou — plus rarement —
découvrir l'âme-sœur cherchée. Il enviait ces derniers, et il
créait dans son esprit une femme idéale qu'il trouverait, certes,
quelque jour, une femme qu'il voulait abandonnée et pauvre,
afin de trouver plus facilement le chemin de son cœur. Il la
voulait à lui corps et âme, toute!

Il ne croyait, certes pas, que ce serait en suivant, un soir,
par curiosité pure, Jean Lhoste, qu'il rencontrerait Myriane
— *Mademoiselle Myriane, Gommeuse!*

CHAPITRE IV.

Un Etudiant.

De l'aveu unanime, Jean Lhoste était un *type*. Il s'intitulait lui-même et il l'inscrivait sur la porte de sa chambre : *Jean Lhoste, aspirant-étudiant de vingtième année*. La chambre de Lhoste ! Elle était située au troisième étage d'un immeuble mal famé de la rue Solférino. Tout Lille étudiant la connaissait au moins de renommée. Un escalier raide, sale, situé tout de suite derrière une porte étroite comme une fente de tire-lire, un escalier sombre le jour et jamais éclairé la nuit ; une porte toujours entr'ouverte, une mansarde meublée à la diable et nettoyée par cœur. C'est là que Lhoste venait dormir. Il n'y travaillait jamais bien ; il y étudiait peu. Il n'y séjournait point.

Les journées de Lhoste se suivaient et se ressemblaient. Eveillé par la faim, il se levait vers une heure de l'après-midi, procédait à sa toilette ou ne se débarbouillait pas suivant la disposition du moment et la température du dehors. Perdu dans les plis de son éternelle cape espagnole, coiffé d'un vaste béret de toucheur de bœufs, chaussé d'une paire de bottes jamais cirées, il allait, à travers les rues, — insoucieux de la stupéfaction ou des sourires des passants, — vers le petit restaurant, le « restau », où il mangeait en compagnie de quelques camarades peu riches comme lui. Il y « blaguait » à pleine voix, sans se départir de son impassibilité ni de son accent méridional — Lhoste était des environs de Montpellier — insolite dans ce pays de fumées et de brouillards. Il s'y emportait aussi avec le bel entrain de la jeunesse, qui passe si vite et ne revient pas, pour les sujets les plus divers : la politique, les femmes, la société, les sports... et, têtu comme un mulet de sa Provence, allait noyer ses fins de rage dans un *mazagran* (un « maza » des familles), chez le père Maufroid, tenancier d'un cabaret louche, où il ne rencontrait personne à cette heure où les étudiants regagnaient les amphithéâtres (les « amphis ») de l'Institut Industriel ou des Facultés. Il lisait paisiblement

... pauvres gosselines, ayant déserté l'atelier et la famille, lasses d'une vie de misère... (Page 24.)

les journaux, « montait » quelquefois avec la fille du patron à l'étage supérieur (cette jeunesse lui voulait du bien), redescendait un peu congestionné et retournait « se pieuter » dans sa chambre de la rue Solférino. Il y piquait une « roupillante » qui durait ce qu'elle durait. Il faut bien digérer, que diantre !... Lorsqu'il ne se réveillait pas trop tard, il allait écouter distraitement un cours, ou bien achever son somme, autour de la chaire d'un professeur. L'heure de « l'apéro » du soir sonnait enfin, l'heure verte, l'heure bénie !

— La vie commence enfin ! déclarait Lhoste tout à fait éveillé. Et ce n'est pas trop tôt !

Bavardages avant dîner. Dîner. Retour au café jusqu'à dix heures. Alors départ pour *La Brasserie*, un énorme établissement mi-café, mi-concert. Femmes sur la scène, filles sur les banquettes, pauvres gosselines ayant déserté l'atelier et la famille, lasses d'une misère pour se jeter dans une misère pire. Et c'était parmi les pauvres fillettes ou les vieilles gardes, blanchies entre les chambres d'étudiants et les lits d'hôpital que Lhoste trouvait sa consolation à l'ennui de vivre, et ses succès.

— Ah! voilà Lhoste!... Bonjour, toi... Bonsoir, vieux!...

Un hosannah montait des chopes et des verres.

Conseils et renseignements à ces dames, bouveries... Minuit et demi. Et Lhoste partait soit à la tête d'une bande rendue joyeuse par l'alcool, soit seul, très seul, en maudit, comme un Villon ou un Verlaine... Il regardait les femmes qui passaient: ouvrières aux mains détériorées dans les filatures, filles en chapeaux extravagants, caparaçonnées de fourrures fantastiques. Mômes furtives, en cheveux, dont la chair misérable tremble sous l'étoffe trop mince et qui supplient d'une voix sourde, les déclarant prêtes à toutes les exigences des mâles qu'elles ne regardent même pas:

— Viens-tu, mon *p'tit belle?*... J' serai bien gentille... Tu verras...

Il allait vers les quartiers les plus ignominieux de la ville, frôlant ou observant, avec une sorte de tristesse heureuse et de joie amère, des groupes dissimulés dans les coupe-gorges humides, noirs, silencieux et déserts. Visages hideux embusqués sous les portes et dans les angles des murs, visages stigmatisés par l'amour abusif, la misère désespérée et l'abus des mauvais alcools, corps devenus réceptacles de toutes les tares physiologiques aggravées par la malpropreté, ramassis de chairs flasques, d'obésités visqueuses, de vieillesses infâmes, d'impuberté navrantes. Oh! ces donneuses de mort, tapies au coin des ruelles et guettant les assoiffés d'amour, les pauvres gens en folie errant à travers la nuit!... Parfois il dérangeait un ouvrier à barbe grise étreignant une enfant docile sous un porche... Alors un mauvais frisson le secouait et il passait, content. Il affectionnait particulièrement une rue plus immonde et plus lointaine que les autres, une rue vers laquelle il venait presque tous les soirs, la rue du Frénelet, là-bas, tout là-bas, près de la porte de Tournay, basse, trapue et sale comme un monstre au repos, là-bas, tout là-bas, aux fortifications derrière lesquelles on pressent la campagne où à travers l'immensité se dispersent les cris déchirants des locomotives ruées vers Paris...

La rue du Frénelot ! Elle se faufile péniblement entre la ville et le haut mur de briques qui contient le terrain des fortifications. Des becs de gaz bavent un peu de lumière aux coins de cette ruelle bordée de maisons vieillottes, fragiles, ternes, à façades convexes et concaves à la fois, faisant ventre souvent d'une façon inquiétante... Lhoste se complaisait dans cette voie horrible, où toutes les portes sont ouvertes constamment et béent sur une ombre rousse à la manière de Van Ostade, — où s'estompent des formes qui sollicitent les passants. Leurs voix lancent des promesses de plaisirs. Il en tombe des fenêtres et il en monte des soupiraux. — L'étudiant se perdait avec une joie équivoque mais aiguë dans cette luxure, dans les odeurs atroces s'exhalant des pavés, s'évadant des couloirs, s'évaporant des peignoirs. Parfois un bras le saisissait et une sollicitation crapuleuse, pleurante et ricanante à la fois, l'effleurait :

— Viens, mon beau gosse... Tu verras comme je suis bien cochonne...

Faces prostituées, masques terrifiants de mégères pourries, végétations tuberculeuses sous-cutanées perforant la peau, la crevassant de sillons sanguinolents, la boursouflant de turgescences violacées, plaies qui s'essaient au sourire, atroces quémandeuses d'argent, dispensatrices de honte, d'épouvante et de maladies, rires fêlés, lazzis boueux. Tout cela faisait frémir l'étrange Lhoste et parfois, la tête perdue, dans un jomenfichisme effroyablement esclave de la sensation, il se laissait tenter par une de ces gaupes odieuses. Or quand, le cerveau vide, après avoir passé la nuit chez ces filles — entre les bras d'une femelle à demi putréfiée, ou contre la chair dégradée d'une fillette à peine nubile et déjà infâme, — il se retrouvait seul et las dans le petit jour jaune et terne de la cité déjà toute bruissante des labeurs recommencés, il allait souvent assister à la première messe du matin dans la paix de l'église Saint-Maurice... Et il expliquait à Verneau, que sa bizarrerie d'ailleurs intéressait :

— Eh bien ! oui, j'y vais... Qu'est-ce que tu veux ? Est-ce que c'est ma faute si je crois en Dieu et si je suis comme possédé du démon ? J'aime ça, moi, l'ordure... Et puis c'est une sorte d'acte de contrition que je fais devant l'autel où je suis

presque seul... Et quant à mes études? Eh bien! oui, je ne
fous rien. Pourtant, il y a des fois où je reste dans ma *piaule*
une heure ou deux. Alors j'apprends avec une facilité qui
m'étonne. Ça rentre d'un bloc dans mon *cibaulot* et ça se classe
pendant mes *vadrouilles*. D'autres fois j'emporte de quoi *masser*
à *La Brasserie*. Le bourdonnement dans lequel je me trouve

... Mômes furtives dont la chair misérable tremble sous l'étoffe
légère... (Page 25.)

tout de suite, les chocs de verres, le bruit des semelles qui trottinent sur le parquet, tout ça me porte à mieux apprendre...

— Pourtant, le silence...

— Si!... Alors mon cerveau, tu comprends, est obligé de lutter contre ce potin afin de s'isoler. Et il y arrive, la rosse! Tandis que dans ma *canfouine* je me mets parfois à rêver de *La Brasserie*, en bon abruti que je serai toujours... C'est vrai que tout ça coûte! Mais j'y arrive tout de même en *carottant* ma pauvre veuve de mère qui est toute seule là-bas!... Je me fais payer des cinq paires de *croquenots* en dix mois sous prétexte qu'au laboratoire on nage dans les acides. Je lui compte des histoires d'inscription auxquelles elle ne comprend que *dalle*. Ou bien c'est mon beau chapeau de dix-huit francs qui vient de passer sous un camion chargé de coton... Je mange chez la mère Radouin à quinze ronds le repas, tu le sais, quoique tu n'y viennes jamais, nabab! et j'envoie à ma *dabesse* des reçus de 70 francs que je fais rédiger par un copain obligeant... Je blague, mais si mon pauvre papa vivait, il m'en foutrait, et il aurait diablement raison!

— Tu exagères...

— Jamais. Pourtant si j'agis comme un vulgaire salaud, je ne suis pas tout de même une crapule. Tiens, si j'avais voulu, il y a une môme *à la coule* — la Zélie, tu la connais peut-être — qui me tanne toujours pour qu'on monte une *maison*, nous deux. Elle dit qu'elle me gobe. C'est vrai que ça me mettrait de l'*auber* dans les *profondes*... Eh bien! je ne veux pas. Elle a trente-cinq ans au moins la *poufiasse*, d'abord!... et puis bien que je sois le plus grand vadrouilleur de la ville, bien que je me saoûle à rouler sous les tables, dans les ruisseaux ou dans des lits infects, bien que j'aie manqué vingt fois d'attraper quinte et quatorze et le point, et que je ne fiche rien, et que je gâche sulement l'argent de ma pauvre sainte femme de mère, il y a des choses que je ne ferai jamais. Vaurien, soit, c'est plus fort que moi, mais honnête tout de même, nom de Dieu! Tout ça n'a pas encore tué en moi tous les bons vieux sentiments qu'on y a mis... Malheureusement, est-ce qu'on sait si ça durera? A la longue, tu sais!...

Ce fut à cet extraordinaire voyou que Charles Verneau dût de rencontrer Myriane — son premier amour.

CHAPITRE V

Le « Café Meunier ».

L'histoire était toute simple.

Un soir, quelque temps avant sa sortie définitive de l'Institut Industriel, alors que, certain du succès de ses examens de 3° année, — de G. 3 (1), comme on disait en argot d'étudiant — il éprouvait déjà la satisfaction des rudes tâches accomplies, il avait cédé à la prière de Lhoste, plus triste et plus désemparé que jamais dans ces fins d'études où il songeait à la certitude de son échec et au départ de ceux qui furent ses camarades pendant trois années.

— Puisque tu as fini, toi, maintenant, pourquoi ne viens-tu pas passer une de tes dernières soirées de Lille avec moi, avant que nous nous quittions peut-être pour toujours? Je sais bien que je suis un drôle de *zigue*, mais je t'aime bien, toi, tu sais, là, franchement.

Emu par cette prière dans laquelle il distinguait la crainte d'un refus et l'amertume douloureuse d'un regret, Charles accepta.

Et, seul, à côté de Lhoste toujours enroulé dans sa cape et coiffé de son béret landais, il partit, le soir, après un dîner qu'il offrit, à la recherche de cabarets, de sensations et d'aventures.

Ce fut, une fois de plus, la vie frénétique de la cité nocturne. Mais Verneau la considérait avec cette attention qui rend comme nouvelles les choses familières que l'on va quitter bientôt, et qui sait? pour jamais.

(1) Abréviation de « Génie Civil 3° année ». L'*Institut Industriel du Nord de la France* a son argot comme la *Taupe* (l'*École Polytechnique*). — G. N.

Oh! ces donneuses de mort cherchent les assoiffés d'amour !...
(Page 24.)

Voiturettes rouges, voiturettes à friture arrêtées en plein
vent, en pleine nuit, voiturettes! échoppes branlantes d'où
s'exhalent de répugnantes odeurs de suif et d'huile minérale
mêlées ! Le marchand de pommes frites et de beignets, rose
comme un jambon, omet de s'essuyer les doigts quand il a
empli de combustible sa lampe triste. Plus loin, c'est le va-et-
vient des ruelles sinistrement étroites, étranglées en impasses
aux noms très anciens, ruelles d'où sortent des bourgeois fur-
tifs qui viennent des maisons closes, dont les lanternes à gros
chiffres pleurent du sang entre les murailles effarantes. Lhoste
et Verneau rencontrèrent et interpellèrent des bandes de camarades en « bombe », bruyants, adorablement, outrancièrement
jeunes. Ailleurs, ce furent des soldats titubants, un peu saoûls
d'alcools frelatés, las de satisfactions sexuelles et qui retour-
naient aux casernes en vociférant des rengaines de cafés-
concerts, promues au grade de chansons de régiment :

> Ohé! mes amis, ohé! la route est belle,
> Y'aura du frichti là-haut dans la gamelle...
> Ohé! mes amis, ohé! marchons gaîment...
> Y a la goutt' à boir' là-haut pour tout le régiment!...

Les notes répétées sans arrêt, suintent dans la nuit et
deviennent obsédantes.

Lhoste et Verneau, après de fantaisistes pérégrinations, se
trouvèrent dans la rue du Molinel. Ils la suivirent au gré du
pavé raboteux. La rue se rétrécit brusquement. En bronze
noir, la statue de Faidherbe surgit, équestre, entre quelques
arbres assez rachitiques. Un vent violent, chassant sur l'azur
sombre du ciel d'épais nuages blancs, s'engouffrait dans les
plis de la cape de Lhoste et gênait sa marche. Ce fut pire
lorsque les deux étudiants traversèrent la place de la Préfecture. Dans cet immense cirque, le vent, un vent tiède d'été,
annonciateur d'orages, se ruait au hasard. Il effilochait ses
volutes aux toitures du Palais des Beaux-Arts, virevoltait dans
la cour de la préfecture où, impassible, un cadran lumineux
constatait la fuite des heures, s'aventurait dans les voies qui
débouchent là, revenait se tordre au milieu du rond-point pour
s'étirer en torsades désordonnées, puis s'étalait en nappes et
giclait jusqu'au dôme de l'Hôtel des Postes, où il faisait vibrer
les fils télégraphiques tendus dans toutes les directions. En
sorte que dans l'espace éclatait un concert de sanglots furieux

ou désespérés, de rires vagues, de râles d'amour ou d'agonies que, par instants, coupaient des silences angoissants quand le vent se taisait, des silences de solitude et d'abîme. Verneau découvrait dans cette chanson aérienne de la tendresse et de la haine, de la détresse et de la pitié.

— Ah! voilà la rue Gambetta. On va chez Meunier, naturellement! décréta Lhoste. Il y a justement deux femelles en ce moment assez *bath!*... « Si qu'on pouvait » les *lever* pour ce soir, hein? J'ai un peu d'or en poche, par hasard. Toi, *itou*, en bon nabab rangé des roues de vélos... On va éprouver ces vertus, hein, vieux ?

— Si tu veux... acquiesça Charles, sans enthousiasme.

Verneau connaissait le *Café Meunier,* pour s'y être échoué des soirs d'ennui tenace, quatre ou cinq fois au plus durant ses trois années d'études. Cette boîte à musique de beuglant et à chahuts plus ou moins universitaires, n'exerçait sur lui qu'une attraction modérée. Mais, là ou ailleurs, que lui importait, puisqu'il enterrait ce soir, ou presque, sa vie d'étudiant? Il ne contrarierait pas Lhoste, et il reverrait un des coins où il avait parfois oublié qu'il était seul, fatigué ou découragé. Vraisemblablement il entrait bien là pour la dernière fois de sa vie, car il était probable que les vingt jours qu'il vivrait encore en Flandre, ne lui laisseraient pas le loisir de recommencer la tournée de ce soir.

Les courbes mélodieuses d'une valse, détaillée sur un piano aux sons voilés, signalaient aux passants le *Café Meunier.* Collés aux vitres avec des pains à cacheter, sur un fond de rideaux en coton crème masquant l'intérieur, des rectangles de papier rouge ou vert, manuscrits, annonçaient au public les artistes engagés pour le mois courant. Charles Verneau lut ce que Lhoste appelait « le menu » : Babylas, *comique-grime.* — Juanita, *chanteuse grivoise.* — Costa, *diseur à voix.* — Mlle Myriane, *gommeuse.* — Mme Linalda, *chahuteuse en tous genres.* — Lhoste s'égaya :

— Si ça ne te suffit pas, mon *poteau,* tu demanderas des suppléments !

La mélodie de la valse déroulait ses lignes nonchalantes. Brutale, parmi des clameurs variées, un groupe d'étudiants assez ivres sortit de la maison avec impétuosité en faisant claquer la porte et, hurlant des chansons mêlées en une atroce cacophonie, se dirigea, zigzaguant, dans la nuit et dans le vent, vers le quartier des Ecoles, sans prêter attention à Lhoste et à son compagnon, qui s'étaient écartés devant cette invasion soudaine.

Les deux amis entrèrent.

C'était toute la trivialité miséreuse d'un beuglant de province. Une salle de café étroite. Au fond, une estrade minable et un semblant de décor gribouillé à la colle à même la muraille. Le piano ouvert, souriant de ses touches jaunies, au bas. Deux rangées de tables, marbres gras, le long des parois lézardées de la salle, et, près de la porte, un comptoir de zinc.

Charles et son compagnon, suivis par les prunelles des artistes assises aux tables, par celles aussi des clients, et du patron surtout, que la présence de Lhoste, célèbre par ses facéties, inquiétait un peu, allèrent s'installer à la table la plus rapprochée du piano. L'atmosphère, viciée, sentait la bière forte, la mauvaise cuisine refroidie, le tabac et les parfums de bazar de ces dames.

Le garçon, les yeux éternellement bouffis de sommeil, s'empressa, gauche et sale à souhait :

— Un *ballon*, pour ces messieurs !

— Non, pas de bière, décréta Lhoste.

— Alors, donnez-nous deux chartreuses, commanda Verneau.

Sur la face terreuse du garçon, un respect profond se peignit aussitôt. Trois ouvriers ivres jetèrent aux consommateurs des regards d'admiration haineuse. Un petit vieillard, à figure large et couperosée, s'approcha, sous le fallacieux prétexte d'allumer sa pipe à la « vaclette ». Quatre redingotes administratives, en partie fine, turent un instant des propos graveleux, auxquels répondait une artiste de la troupe, attablée au milieu d'elles, et un autre client, tête impressionnante de noceur phtisique, paya le ricanement qu'il eut d'une quinte atroce, où l'on croyait percevoir les déchirements des plèvres de ses poumons en ruine. Le pianiste, plaquant l'accord final de sa valse, tourna sa tête grise, ravagée, pitoyable, vers les nouveaux venus que ses pauvres yeux, quasi décomposés, tentèrent de discerner de derrière les verres bleus d'énormes lunettes. Puis, machinal, honteux de s'être arrêté, il commença précipitamment à dévider les mesures d'une transcription du préhistorique *Richard Cœur de Lion*, de Grétry.

Et le « spectacle » continua.

Babylas, comique-grime, bétifia, doigts écartés, genoux ployés, face hâve, bilieuse, hilare. Juanita dégoisa des insanités stercoraires, d'une voix glaireuse. Mme Linalda chahuta, lamentable

sur ses vieilles guibolles ankylosées, et Costa, visage en lame de
rasoir, cheveux tondus en queue de congre, étala un maso-
chisme comique à faire pleurer. Le public exultait. Lhoste faisait
aux artistes en scène des farces variées et manifestait un enthousiasme invraisemblable qui amusait toute la salle. Quant à
Verneau, il ne pouvait prêter
aucune attention à tout cela.
Néanmoins, quand chacun des
artistes, sa chanson terminée,
présentait un coquillage quéman-
deur, il laissait choir du métal
sur la nacre craquelée. Des mercis
sonores tombaient sans qu'il y
prît garde.

Cependant le pianiste, inlassable, préludait une fois de plus.
Une mélodie sentimentale se fit
pressentir. Et la chanteuse commença une bluette banale, gra-
cieuse, presque enfantine.

— Et c'est Mlle Myriane qu'on
affiche comme *gommeuse!* s'écria
Lhoste.

Verneau lui imposa silence.
On écoutait. Les papotages qui
ne cessaient jamais pendant les
autres « numéros » faisaient place
au plus profond silence, à la
grande fureur des camarades de
Mlle Myriane et en particulier de
Mme Linalda, chahuteuse en tous
genres, qui devenait apoplec-
tique de jalousie sous ses rides
mal fardées ou sous ses cheveux
trop roux. Et vraiment dans ce

... une rue plus immonde et
plus lointaine que les autres...
(Page 24.)

milieu, cette attention était justifiée. Pourquoi, cette fois,
sortant de son emploi de gommeuse, Mlle Myriane faisait-elle
de la chanson sentimentale ? Personne n'aurait su le dire,
et personne, sauf Mme Linalda, ne songeait même à se le
demander.

Verneau n'entendait pas les paroles de la romance, très
banales, bien entendu. Il se rendait compte que cela aurait pu

être bêlé ou débité sans intelligence. Or, la voix cristalline de la chanteuse le surprit et le charma comme elle charmait tout le monde, même dans les refrains les plus équivoques. Les rogommes n'avaient pas encore brûlé cet organe manifestement jeune. Devant le décor de l'estrade, Mlle Myriane chantait.

Elle était brune comme une Espagnole et sa coiffure avait une élégance aimable. Son visage jeune et gracieux ignorait encore les fards sinon la poudre, et son geste joli conservait encore des naïvetés, des gaucheries gracieuses. Une robe toute simple légèrement échancrée sur les premières roseurs de la gorge laissait deviner un corps bien proportionné, ferme, gonflé de sève. Une grande détresse stagnait dans ses grands yeux expressifs.

Seul, parmi tous ces gens, cerveaux embrumés, cœurs chavirés, estomacs en détresse, Charles Verneau vibra devant ce printemps. Lhoste qui venait de faire renouveler sa chartreuse pour la troisième fois, énonça d'une voix un peu cotonneuse déjà :

— N'est-ce pas qu'elle est assez gironde la môme?... Seulement elle n'est pas assez décolletée. Les autres au moins... Et on croirait qu'elle te *z'yeute* un peu, hein?

La remarque de Lhoste était juste. Le reflet permanent d'épouvante qui pastellisait les yeux de la chanteuse avait peu à peu disparu lorsque Mlle Myriane s'était aperçue de l'intérêt avec lequel Verneau la considérait. Une sorte de joie obscure et craintive la transfigurait, elle, qui avait tout l'air quelques instants auparavant de trembler d'être fille au milieu des filles, de compter dans cet infâme troupeau où il semblait naturel que des assassins aux mains encore rouges vinssent chercher les femelles avec lesquelles ils oublieraient, une heure, l'atrocité de leur forfait.

Lorsque Mlle Myriane, gommeuse, eut terminé sa petite chanson chaste, elle prît comme à regret le coquillage laissé sur le piano par la précédente quêteuse, et elle fit rapidement sa tournée, visiblement sans souci de la recette. Les ivrognes, avec des gestes d'avares, retenaient leurs sous en demandant des privautés. Elle passait, les laissant parfois stupéfaits, penauds, grotesques, leur disque de bronze aux doigts. Parfois aussi quelque brute l'injuriait à la visible joie de Mme Linalda, chahuteuse en tous genres. La jeune fille ne se retournait même pas.

Elle arriva près de Verneau. Leurs regards se retrouvèrent. Ce visage si différent de celui des autres buveurs, ce sourire fin et clair, cette barbe soignée et cet air digne, un peu grave même, l'impressionnaient plus qu'elle n'aurait cru : elle s'arrêta, le geste suspendu. Lui prit des pièces à poignée et les fit pleuvoir sur la nacre, sans voir. Plusieurs d'entre elles roulèrent qu'elle ne songea pas à ramasser. Et elle le considéra encore, ses regards le pénétrant, le caressant, l'interrogeant, s'attachant à lui comme ceux d'une naufragée, si bien qu'il frémit. Il proposa d'une voix où vacillait de l'émotion :

— Voulez-vous me permettre de vous offrir...?

Elle ne le laissa pas achever.

— Je veux bien... dit-elle avec une spontanéité enfantine.

Elle s'assit et remit la coquille à Mme Linalda qui, son tour venu, se dirigeait vers l'estrade en tapotant sa tignasse rousse.

— Dépêche-toi! lui criait un des ivrognes qui la « régalaient. » On aime mieux te toucher que t'entendre!

De rires gras accueillirent cette déclaration. Cependant Linalda lançait à la jeune fille un regard noir et, dans son coin, Babylas, comique-grime, clapotait d'une lippe baveuse :

— Elle se décide à « faire le *michel* », Myriane... Et elle choisit pas mal, la garce!... Tiens! Tiens!... I'y a p't' êtr' qué-qu'chose à en faire, tout de même... décidément!

Ni Myriane, ni Charles ne l'entendirent. Le concert continua. Pendant que des *Je ne l'ai plus*, des *Pour avoir la gonze* et des *As-tu vu la ferme?* sirupeux, acides, gambillards, pénibles comme des rires de microcéphales, déboulaient sur la scène parmi les vélocités hystériques du piano; pendant que « Juanita, chanteuse grivoise », se grisait de mauvais champagne aux frais du petit vieillard à face large et couperosée qui mâchouillait sa pipe et des obscénités dans la même salivation, en même temps qu'il la caressait d'œillades lubriques et d'attouchements de roulier; pendant que le phtisique, à présent vert comme une pièce d'amphithéâtre, se raidissait contre son mal et que le patron, dieu protecteur de ces ignominies, luttait, à son comptoir, contre le sommeil, Charles et Myriane conversaient, amis déjà.

Et Verneau ne se rappelait jamais sans émotion la bonne grosse discrétion de Lhosté qui, déjà saoûl comme toutes les bourriques polonaises, s'était soudain levé en disant :

— Mes enfants, vous êtes rudement gentils tous les deux. Je veux d'autant moins vous gêner que je ne reste jamais tant de temps que ça dans le même *bauzin*. Au r'oir mon'ieux; j'achève la tournée tout seul... Et cette nuit, hein!... c'est la fête du *sifale*, jeunes satyres?...

Enveloppé dans sa cape, le béret tiré sur l'oreille gauche, le bon voyou avait laissé les jeunes gens seuls.

La petite chanteuse écoutait la voix de l'étudiant monter vers elle en madrigaux tendres. Et son cœur débordait d'une gratitude infinie pour ce joli garçon qui la traitait comme les gens bien élevés doivent traiter une femme.

Sa reconnaissance s'exprima. Son cœur comprimé depuis tant de jours s'ouvrit comme un étang qui brise ses barrages. Elle narra sa vie depuis le jour où elle chanta pour la première fois, sa vie de jeune « artiste », où les douleurs d'une carrière vouée à l'envie, aux railleries, aux méchancetés des camarades, s'ajoutaient aux humiliations du métier de bête à plaisir auquel elle était parfois contrainte. L'engrenage l'avait saisie et elle ne pouvait s'arracher à lui. Une femme ne résiste pas à la misère qui l'emporte.

Charles l'écoutait, très ému.

Il voulut, d'abord, procurer une heure d'oubli, de joie, de repos à l'infortunée. Une immense et tendre pitié l'enveloppa. Du respect, de la fraternité, de l'affection se mêlaient en lui. Puis sa commisération se haussa. Myriane lui symbolisait une partie du Peuple, du Peuple qui, sans trop le vouloir, tombe aux guet-apens du mal, qui s'y débat et, las, hébété, s'abandonne. Il se souvint de la belle phrase simple, de Maëterlinck, qui le remua : « Si j'étais Dieu, j'aurais pitié du pauvre cœur des hommes. »

Les « bons camarades » de Myriane n'eurent pas la délicatesse de ne pas troubler leur dialogue. Plusieurs fois, elle dut revenir aux tréteaux ;

— C'est mon tour... Pardon...

Elle vocalisait, s'exprimant toute et pour lui tout seul. Ce qu'elle chantait était banal, tendre... Elle chantait des romances et suppléait par une interprétation ardente à la pauvreté de la poésie et à l'insignifiance de la musique.

Charles la contemplait, attendri, passionné, dédaigneux de l'usage qui veut qu'on n'applaudisse que très rarement dans le Nord. Ses doigts se heurtaient, peu bruyants, mais dans un discret, sincère et encourageant enthousiasme. Elle, après, par une délicatesse orgueilleuse, refusa de quêter. Les « bons camarades » grognèrent et Mme Linalda protesta avec véhémence.

Verneau, méprisant, donna des piécettes en nombre suffisant pour les faire taire.

— Jusqu'à quelle heure chantez-vous?
— Minuit et demi.
Il chuchota avec un tremblement dans la voix :
— Nous partirons ensemble... vous voulez?
Pour toute réponse les doigts frais de Myriane serrèrent convulsivement ceux de Charles, sous la table. Sa poitrine s'offrait rose et blanche dans l'entre-bâillement du corsage et son regard absorbait intensément le visage du jeune homme.

... A l'œil-de-bœuf, constellé d'incrustations de bois des îles, la demie tinta — enfin!
— Nous partons?...
Quelques minutes plus tard Myriane et Charles se trouvèrent dans la nuit douce de la cité silencieuse. Le vent avait cessé.
Ils allèrent — seuls...

Charles balbutiait : « Petite amie... Pauvre petite amie !... »
(Page 39.)

CHAPITRE VI

Chambre d'hôtel.

— Vous n'avez pas froid ?
— Non, mais je tremble un peu...
Brusquement ils s'enlacèrent étroitement. Leurs chairs se communèrent à travers les étoffes. Leurs bouches avides se savourèrent, puis, satisfaites et assagies se frôlèrent. Charles balbutiait :
— Petite amie !... Pauvre petite amie !... Amie jolie !...
Elle, secouée par des frissons de désir, éperdue, s'écrasait, hanche et poitrine contre lui. Elle râlait, délirante :
— Oh ! je t'aime !... je t'aime !... je t'aime !...
Et s'arrêtant sur le trottoir désert, les yeux clos, elle affinait son baiser.
— Où allons-nous, Myriane ?... car je ne puis pas t'emmener chez moi. Ma propriétaire... Et puis surtout, c'est si loin...
— Je ne sais pas... Au *Chapon de Tournay*, si tu veux ?... C'est à côté... Ça ne t'ennuie pas d'aller dans un hôtel... avec moi ?
— Pauvre petite amie...
Une lanterne clignotait dans une rue transversale.
— C'est là... dit Myriane.
Un couloir mal éclairé. Une maritorne vêtue de noir, la poitrine liquide, un gros tablier, blanc comme un suaire, devant elle et sur lequel cliquette un trousseau de clefs de geôlier...

Charles et Myriane suivirent le garçon obséquieux, porteur d'un bougeoir dont la lumière barrait les murs d'ombres horizontales tremblantes.

... La chambre d'hôtel !... La chambre traditionnelle, — la meilleure, pourtant, de l'établissement. Un lit très bourgeois sous de longs rideaux de fausse dentelle. Un guéridon d'acajou couvert d'un tapis à ramages, où des taches d'encre et de stéarine modifient quelque peu le dessin initial. L'armoire à glace auprès du lit pour les amateurs d'altitudes. Le canapé aux ressorts faussés pour les amateurs de préliminaires. Les accessoires pour tout le monde. Volets clos, rideaux tirés, porte verrouillée, vestiges d'odeurs et de parfums mêlés, atmosphère convenant à toutes les intimités.

— C'est froid ici, n'est-ce pas ?... C'est triste !

— C'est la maison commune... soupira Verneau. Mais parlons d'autre chose, Myriane. Conte-moi tes peines, veux-tu ? comme à un grand frère à qui on ose tout dire.

Il s'était laissé tomber sur le velours élimé du canapé dont les ressorts exténués geignirent, et il lui tendait les bras.

Souriante et triste, elle se blottit contre lui comme une hirondelle lasse se réfugie dans un clocher accueillant. Il la baisa sur les yeux. Leurs lèvres se reprenaient en de multiples recherches, mais ne s'éternisaient pas au même contact ; nerveusement ils frôlaient et mordillaient leurs bouches. Ils parlèrent. Elle, d'une voix soupirante, les mains sur les épaules de l'homme et s'offrant ainsi involontairement, les yeux plongés dans les yeux de Charles, poursuivait le récit de sa vie promptement désillusionnée, de ses souffrances morales, de toutes ses détresses.

— Tiens, m'ami, c'est la première fois que je parle sérieusement avec quelqu'un depuis que j'ai quitté ma famille...

Un sanglot obstrua sa gorge. Elle continua :

— ... Que j'ai le bonheur de pouvoir dire mes pensées à un ami... à un ami d'un soir... qui s'intéresse à la pauvre gosse perdue que je suis.

— Pauvre petite... pauvre petite amie !...

Elle se renversa sur lui et, lui faisant un collier de ses bras, elle pleura longuement ses chagrins refoulés jusqu'alors. Charles, tendrement fraternel, trouvait des paroles consolatrices...

La vie de Myriane était vraiment fort simple. La banale histoire : « Arpète » dans une maison de modes dès la sortie de l'école communale, l'inconduite de son père, un vague employé du Pari Mutuel, l'aigreur et la violence de sa mère chargée de famille, lui avaient fait prendre en horreur ce que l'on est convenu d'appeler le « foyer familial » — un foyer trop souvent sans feu. — Elle alla, pauvre gamine, déjà femme, trop tôt, à travers les rues du grand Paris, heurtant de ses cartons les passants, ne répondant pas aux propositions abjectes des vieux messieurs séduits par sa jeunesse, son visage douloureux et sa pauvreté manifeste. Cela dura quelques années. Mais à l'atelier, l' « arpète » écoute jaser. Elle entend bien qu'il ne faut pas dédaigner « les petits vieux bien propres » ou les « gros types aimables ». Elle apprend par quels moyens Jeanne Trougnoux est devenue Jane de Tronquédard, et comment elle porte des robes à cinquante louis ; elle sait pourquoi Maria Pourchin, la « Grande Maria », dîne dans les grands restaurants tous les jours et occupe un entresol rue de Tocqueville, où elle a femme de chambre et cuisinière à son service ; mais cela l'épouvante un peu et lui répugne beaucoup.

D'ailleurs, on dit d'autres choses à l'atelier ; on dit que Marthe Baumier joue, à présent, dans la *Revue de la Gaîté-Rochechouart* (où elle gagne cinq cents francs par mois — cinq cents francs quand on touche seize sous par jour !), le rôle de la Boîte aux Lettres et celui de la Feuille de Vigne, après avoir pris quelques leçons seulement chez un spécialiste... Et des leçons qu'on ne paie pas d'avance, ma chère ! Puis, c'est parmi les petites annonces d'un journal jeté dans l'atelier par la « première », après lecture, que l' « arpète » a vu qu'*on demande de jeunes et jolies filles pour concert. On gagne de suite, après vingt leçons, 200 francs par mois.* Puis dans le faubourg Saint-Denis elle a revu souvent en passant la même annonce sur de petits placards manuscrits collés sur les murailles, parmi les affiches habituelles par lesquelles les couturières et les modistes font connaître leurs offres d'emploi. Oh ! le théâtre ! La magie de tant de lumière et de tant de bravos, la gloire des costumes dorés, pailletés, étincelants, la féerie des décors, la gloire d'être artiste, de voir son nom imprimé sur les colonnes Moris et dans le *Courrier Théâtral* des journaux ! Comme c'est facile, alors, d'arriver !

Myriane se regardait, le soir, toute nue dans la glace de l'armoire avant de se mettre au lit où elle couchait avec sa sœur.

Elle ne se trouva pas mal faite... Mais parler de cela à ses parents ! « Les vieux » n'auraient pas eu assez de taloches pour lui répondre et pas assez d'insultes pour la flétrir. Alors, un

... Elle apprend par quels moyens **Jeanne Trougnoux** est devenue **Jane de Tronquedard**... (Page 41.)

jour, elle eut plus de courage que la veille. Elle *sécha* l'atelier et *plaqua* la famille où elle souffrait trop. Elle s'était entendue d'abord avec une des ouvrières de l'atelier pour habiter avec elle le temps nécessaire aux vingt leçons préliminaires. Et Myriane avouait, en larmes, à Charles Verneau, quel paiement cette amie exigea d'elle dès la seconde nuit.

Cependant la pauvre gosseline suivait la voie fatale. Elle se rendait chez l'un des agents lyriques qui publient les annonces tentatrices. Oh! ce ne fut pas long... Ce fut d'autant moins long que l'honorable industriel recherchait surtout les mineures. On lui tâta les jambes, les hanches, la poitrine, puis :

— Bien entendu, vous savez chanter, pas?

Et non pas en vingt leçons, mais en huit jours, l'aide de l'agent lyrique lui apprit les sept ou huit obscénités composant son répertoire de *gommeuse : Adolphe habite en l'air, Le Bilboquet, J'passe toujours par derrière...* et le reste. On la baptisa Myriane comme on l'avait déclarée gommeuse, puis on lui fit signer un imprimé dont le titre : ENGAGEMENT, l'éblouit, mais moins que la robe rose et bleue toute ruisselante de clinquant — la robe désirée! — qu'on lui remit. Elle n'avait pas d'argent pour payer cette belle chose. « Qu'est-ce que ça fait? gosse... tu t'arrangeras plus tard avec le directeur qui t'engage! » lui fût-il répondu. On lui remit l'argent de son voyage, plus quarante sous, et elle partit, seule, *artiste*, ARTISTE, ARTISTE, vers un beuglant de province. — Le *Café Meunier* était le quatrième établissement où la pauvrette chantait.

Charles écoutait, ému aux larmes. Myriane, qui depuis quelque temps parlait comme en rêve, ramena son regard vers lui. Elle vit le visage du jeune homme ravagé d'émotion. Alors elle fut fougueuse :

— Tu es bon, toi... Je t'adore...

Et glissant à côté de Verneau, elle lui entoura le torse en une farouche étreinte, l'attirant sur elle, haletante. Les yeux du mâle se foncèrent de désir. Elle le vit et se dégageant, très femme, elle implora :

— Caresse-moi : Veux-tu, mon petit amant? — Caresse-moi.

Elle dénoua sa longue chevelure sombre. Puis elle prit les doigts de Charles et elle les plaça sur les agrafes de son corsage.

Les seins fermes, admirables, jaillirent de sa chemise, nouée de rose, comme deux fruits échappés d'une corbeille. L'étudiant se pencha. Ses doigts et ses lèvres errèrent sur cette jeune chair parfumée et vibrante. Des spasmes déjà secouaient Myriane, heureuse. Et la volupté gronda en eux.

Incapable de se maîtriser plus longtemps, Charles se rua sur la femme, la souleva dans ses bras, l'emporta comme une proie vers le lit où — sa délicatesse vainquant la brutalité instinctive — il la déposa doucement, la tête sur l'oreiller, en lui disant dans un souffle brûlant :

— Moi aussi, je t'aime, Myriane... Je t'aime !

Et sa main, suivant sous les vêtements dévastés tous les contours de la chair palpitante, s'éperdait en une caresse unique, plus ardente, qui la secoua toute de sursauts heureux.

Elle osa, elle aussi, la dernière caresse, naïve, impatiente, directe.

Ils s'enlacèrent enfin, sans prendre le temps de se dévêtir. Ils se serrèrent l'un contre l'autre, et après un baiser profond, interminable, presque féroce, ils défaillirent dans une étreinte folle...

Maria Pourchin, la « Grande Maria », occupe un entresol rue de Tocqueville...
(Page 41.)

CHAPITRE VII

En détresse

Un frisson secoua Charles Verneau, à cette évocation. La nuit était venue. Le jeune homme perdu, dans ses souvenirs, s'aperçut qu'il rêvait dans l'obscurité. Il alluma sa lampe. Et sous la clarté qui mettait des reflets ambrés dans la pièce, il acheva de revivre toute son aventure avec Myriane — avec « Mlle Myriane, gommeuse. »

Après une nuit de caresses et de confidences, ils se quittèrent, les amoureux. Ils se quittèrent par un de ces matins frais et clairs, où l'on ne prévoit pas encore les ardeurs solaires de la journée, — un matin frais comme une journée de printemps. — et, en effet, un printemps chantait dans leurs jeunes cœurs.

La suite de leur histoire était simple, plus simple encore que tout le reste. Ils s'étaient revus, presque tous les jours. Charles Verneau avait donné un peu de joie à Myriane — qui s'appelait en réalité Hélène Moret. — Pendant la journée, au lieu de demeurer perdue parmi l'indifférence et l'avachissement de ses camarades de concert, désœuvrés et déchus, et en proie à l'hostilité permanente de Mme Linalda « chahuteuse en tous genres », Myriane partait avec Verneau. Ils allaient aux environs de Lille, à la frontière belge, n'importe, dans les faubourgs ou en pleine campagne, heureux intensément comme deux gamins faisant l'école buissonnière. Les examens de Charles se ressentirent un peu de ces escapades, mais ils furent tout de même extrêmement satisfaisants.

Les examens! Hélas! ils devaient marquer la fin — provisoire sans doute — mais sait-on jamais? — de leur liaison.

Et le plaisir de rentrer à Paris, de retrouver une famille heureuse du succès de son « Ingénieur », de connaître enfin l'existence indépendante, la liberté totale, fut à peu près anéanti par le chagrin de briser l'aventure à peine ébauchée, et d'abandonner à son destin la pauvre jolie, qui s'était donnée toute et qui se jetait à l'amour avec une fougue désespérée, la pauvre Myriane qui savourait la joie d'être adorée et d'adorer avec l'avidité qu'un gamin sevré de friandises mettrait à dévorer une pâtisserie. L'abandonner? Non. Verneau ne le voulait pas. Il avait trop donné de lui-même à cette enfant, qui n'espérait qu'en lui et qui n'avait jamais entrevu le bonheur que par lui, pour vouloir que cet amour se terminât de la sorte — par le caprice des circonstances, le jeu des nécessités de la vie et l'exigence des conventions sociales. — Les préliminaires de cette séparation furent le seul incident pénible de ce poème d'amour trop bref.

Charles, le menton posé sur ses doigts entrelacés se remémorait tout cela. Il avait d'abord songé i l'emmener à Paris; il s'était heurté à un refus navré, mais formel. Il fallait absolument que Myriane achevât son engagement chez Meunier. Elle se souvenait d'une chanteuse qui, s'étant enfuie ainsi, fut vouée à la misère par la persécution de l'agent lyrique qui lui avait procuré du travail et par le refus que tous ses confrères, avertis sans doute, opposèrent à la malheureuse de s'occuper d'elle et de lui procurer des engagements. Et puis un dédit était stipulé qu'elle n'aurait pu payer et que lui, avec sa bourse de jeune homme, ne devait pas songer à solder. Il voulut, lors de leur dernière entrevue, glisser un billet de cinquante francs dans le porte-monnaie à peu près vide de Myriane. Elle se cabra comme sous une injure et ne voulut point l'accepter.

— Je t'aime, toi... Je t'aime... comprends-tu?... Je ne veux rien, rien, rien... Ne me fais plus de peine... n'insiste pas, je t'en prie...

Il fallut bien se soumettre. Oh! ces dernières heures de Lille, comme elles furent pathétiques! Que de fois des larmes mêlèrent leur amertume à la douceur des baisers! Partir... partir... Se séparer quand on s'aime, c'est un peu mourir l'un à l'autre!

Pendant les trèves des étreintes Charles prodiguait à celle qu'il n'appelait plus jamais Myriane, nom de beuglant, nom d'abjection, les recommandations et les conseils. Il lui rappelait tout ce qu'il avait eu l'occasion de lui indiquer pendant les quelques jours précédents, — leurs quelques jours d'ivresse — l'ivresse du premier amour — celle qu'on ne ressentira jamais plus.

— Instruis-toi, lis; lis des œuvres intelligentes... Evite de sombrer dans l'aveulissement de tous ces cabotins aux mentalités rudimentaires; regarde, observe, ressens, analyse... Je t'enverrai des livres... tu m'écriras jusqu'à ce que ton engagement prenne fin... Alors tu en demanderas un pour Paris et les environs... Moi, je serai à Paris... Je ne suis pas riche, mais je t'aiderai... Nous nous aimerons encore...

Tout cela était entrecoupé de sanglots, de caresses et de baisers profonds...

Il fallut bien se séparer, enfin !... Lhoste, Lhoste qui avait « bouffé » déjà l'argent envoyé par sa mère pour payer son voyage de Lille à Montpellier, Lhoste, le bon voyou, assistait à la séparation des amants. Il coupa la scène pénible de blagues compatissantes qui ne tarirent pas les larmes, mais empêchèrent l'émotion des amants, surtout celle de la pauvre fille, de s'éterniser. Le sifflet de la locomotive retentit. Hélène et Charles s'étreignirent sur le quai avec une belle impudeur en un baiser qui ne finissait plus. Et Verneau revoyait la silhouette de Myriane, raidie pour ne pas choir, agitant le mouchoir de l'adieu longtemps, longtemps, à côté du mauvais bougre Lhoste qui passait trop souvent sa main gauche sur ses yeux, dans lesquels, pour une fois, ne flambait aucune lueur d'alcool...

... Ce fut Paris, la famille, la situation modeste de dessinateur trouvée presque tout de suite à la *Compagnie Métropolitaine des Constructions Industrielles*, la vie laborieuse, le petit appartement au sixième étage de la rue de Naples — trois pièces claires, propres et peu meublées — et les lettres naïves pleines de franchise et de cœur de la pauvre Myriane toute seule, à présent, là-haut, parmi les fumées et les brumes, Myriane, heureuse chaque jour un peu plus de voir son engagement arriver à sa fin, Myriane qui avait écrit à son agent lyrique pour avoir un emploi dans la capitale ou dans la banlieue, Myriane qui avait reçu les livres à elle envoyés chez Meunier par son ami, « son seul ami, son amant adoré, » Myriane-Hélène faisant des projets d'avenir — et tout à coup, après un silence de quarante-huit heures, une missive courte et craintive, puis, trois jours après, l'horrible lettre que Charles tenait à présent dans ses mains, l'horrible lettre qui venait de

lui faire revivre tout ce naguère qu'il venait d'évoquer pendant au moins une heure... Il relut, les yeux un peu brouillés
de larmes : « ... On a voulu me faire du tort et c'est une femme
« de concert (la rousse que tu regardais et qui te déplaisait
« tant) qui a envoyé une lettre anonyme au commissaire,
« disant que j'avais la maladie... »

La rousse ! Mme Linalda, « chahuteuse en tous genres », ce
siècle fardé, ce cadavre galvanisé par la fantaisie macabre de
quelque méchant sorcier ! cette gueuse, évidemment...

... Au lieu de demeurer perdue parmi l'indifférence et l'avachissement de ses camarades... (Page 46.)

— Oh ! si jamais elle me tombe sous la main, celle-là !...
« ... Je me suis présentée très franchement à la police, mais
« malheureusement, j'avais ce que beaucoup de femmes ont,
« c'est-à-dire des fleurs blanches *(sic)*. Je les avaient *(sic)*, même
« ayant encore mon pucelage... »

Flueurs blanches... mal qui sévit inégalement aux deux
extrémités de l'échelle sociale, un peu chez les riches, beaucoup chez les pauvres. Leucorrhée, conséquence d'une noble
oisiveté au milieu de toutes les fantaisies du luxe, de restaurants trop raffinés, de tous les excitants physiques et moraux,
indisposition opiniâtre des belles dames qui opiniâtrement

dorment le jour et vivent la nuit, ne donnant à leurs muscles peu développés que le triste exercice des soirées et des bals, — belles madames victimes de leur existence factice que les flueurs blanches énervent, étiolent, épuisent, et dont les enfants supporteront l'infériorité physique!... Leucorrhée, maladie des pauvres surtout, des infortunés qui ne connurent et ne connaîtront jamais que la misère, vont mal vêtus, peu et mal nourris, logent dans des locaux malsains, insuffisamment éclairés, malpropres parfois, car le malheur décourage, et respirent un air lourd de miasmes, — leucorrhée, ennemi trop dédaigné de tant d'existences qu'elle abrège et dévore, — séide inlassable de l'infortune, agent morbide qui fuit devant la force vitale de sa victime, et que l'hygiène vainc avec certitude...

Quoi d'extraordinaire à ce que, depuis le départ de Charles, le dénûment dans lequel elle était plongée depuis tant de temps et la vie accablante qu'elle menait au *Café Meunier* aient provoqué le retour d'une affection que la misère de son adolescence fit naître? Quand Charles l'avait connue, elle n'avait point, elle n'avait plus depuis quelques mois cette leucorrhée, cause à présent de la captivité de la pauvre gosse à l'hôpital Saint-Christophe. Dans quel abandon, dans quelle détresse était-elle la pauvre Hélène entre les murs hostiles et noirs de cette salle n° 5, où il fallait à présent qu'il écrivit...

« Personne ne vient me voir... Il m'est impossible de « refouler mes larmes... J'ose compter sur toi pour recevoir « une longue lettre de consolation... »

Elle s'exprimait de son mieux, la malheureuse gosseline, lancée éperdue et seule à travers le dangereux maquis social. Le jeune ingénieur lisait entre les lignes et devinait tout son désespoir. L'heure du dîner était déjà passée depuis longtemps. Qu'importait à Verneau?

Il balaya d'un geste crayons, compas, godets, tire-lignes, et, très ému, il commença à écrire la longue lettre demandée, une longue lettre encourageante, caressante et puérile :

Paris, mercredi.

« Ma pauvre petite idole désolée que j'adore... »

Sur le boulevard Malesherbes, tout proche, la corne d'un tramway gémissait lourdement...

CHAPITRE VIII

Partir, c'est mourir un peu...

Lille, lundi 17 août.

« Mon cher Charles adoré,

« J'ai reçu avec plaisir ta longue lettre si consolante et si
« gentille. Elle m'a fait beaucoup de bien. Je la relis souvent et
« les heures me paraissent moins longues. Merci, merci, merci,
« tu es bon, toi!

« Te souviens-tu que quand nous nous sommes quittés tu
« m'as fait promettre de t'écrire tout de suite quand j'aurais
« été *(sic)* dans le besoin? Je ne peux plus te cacher plus long-
« temps que voici malheureusement ce moment arrivé. Il est
« vrai que c'est parce que je suis à l'hôpital. Il a fallu cette
« circonstance-là pour me forcer à t'écrire de cette façon, car
« si j'avais pu sortir je me serais certainement tirée d'embar-
« ras moi-même, car, crois-moi, tu me connais, ça n'est pas
« sans une certaine gêne que je te demande cela. J'avais cru
« jamais ne devoir mettre à profit la promesse que je t'avais
« faite, puisque tu l'avais exigée. J'étais trop fière pour te
« demander de l'argent. Mais, j'ai beau faire, l'amour-propre
« a dû céder cette fois au besoin. Dire que ce que je t'ai refusé
« quand nous nous sommes quittés je te le demande mainte-
« nant! Ce que c'est que la vie, comme il y a des difficultés
« et quelle triste existence nous menons dans notre métier!
« Je sais bien qu'il est inutile de se faire trop de chagrin et
« de désespérer, et que ça n'avance à rien. J'espère, mon
« cher Charles, que tu ne m'en voudras pas de t'avoir fait

« cette demande, mais sois certain que c'est la première fois
« et bien la dernière. Je ne pourrais pas recommencer, je le
« sens.

« Un million de baisers tristes de ta petite amie qui voudrait
avoir la force de ne pas pleurer.

« HÉLÈNE. »

« Au dernier moment, l'agence m'envoie un engagement
« (qui revient ici après avoir été au *Café Meunier*) pour Tarascon.
« J'ai signé. Il fallait bien, puisqu'ils me disent qu'il n'y a rien
« ailleurs. C'est un engagement de quinze jours seulement. Si
« je ne savais pas que je dois passer par Paris et te revoir, je
« serais triste à mourir, car c'est bien loin, il paraît, ce pays,
« et le voyage me fait un peu peur. Heureusement que je
« pourrai sortir de l'hôpital à temps pour aller là-bas. Ça vaut
« mieux pour moi que de rester à Lille. Et quinze jours, ça
« sera bien vite passé et j'espère que j'aurai plus de chance
« pour l'engagement suivant. A bientôt, pour pas longtemps,
« hélas!... Mais être certaine de te revoir bientôt, toi, mon
« seul ami, le seul homme qui m'ait rendue heureuse, ça
« m'aide à supporter la vie. »

... A présent qu'Elle était partie vers le Midi, Verneau relisait cette lettre, la dernière des lettres que Myriane lui écrivit
de Lille. Le jeune homme venait de rentrer chez lui, dans son
petit appartement de la rue de Naples, où tout lui rappelait, à
présent, la pauvre gosseline aimée. Il avait bien failli pleurer
tout à l'heure, à la gare du P.-L.-M., au moment où, le train
démarrant après le coup de sifflet réglementaire, elle lui envoya
follement des baisers. Mais il avait réagi. — Myriane est partie.
Le train doit dérouler à présent ses volutes de fumée blanche
sur les premiers vrais pacages qui succèdent à la misère parfois
souriante de la banlieue. La voilà partie vers le *Casino des
Roses* de Tarascon-sur-Rhône, pour quinze jours — après lesquels un autre engagement la rapprochera de Paris « si possible et le plus possible » a écrit l'agent lyrique. Le *Casino des
Roses!* Cela chante mieux à l'oreille de Verneau que le *Café
Meunier*. Et puis la magie de la lumière méridionale rayonne
à côté des fumées et des brumes du Nord. Dans ce Midi qu'il
ne connaît pas non plus, Myriane va sans doute parachever sa
guérison, car elle revint de Flandre guérie. Elle va faire, parmi
ces pays heureux, provision de joie et de santé. La splendeur

du Sud va poursuivre ce qu'a si bien commencé la joie de Paris.

Paris! Comme elle y fut heureuse, la jolie!... Heureuse à défaillir, depuis le jour où, descendant de wagon, elle tomba dans les bras de Charles, venu l'attendre à la gare, jusqu'à l'heure où il fallut bien repartir pour remplir l'engagement imprudemment signé là-haut, à l'hôpital Saint-Christophe, pendant ces journées de honte et de désespoir. Il fallut bien repartir malgré les prières de Verneau, car l'engagement mentionnait un nouveau dédit que la situation modeste de l'ingénieur débutant ne leur permettait pas de payer plus que le précédent. Pourtant la vie aurait été si douce à deux! Il eût été si bon pour les deux amoureux de continuer à rester comme ils le faisaient depuis cinq grands jours si vite écoulés, si tôt enfuis, comme un beau rêve! A vivre ainsi, paisiblement, gaîment, régulièrement, sans souci du lendemain, sans regret, sans jalousie, sans contrainte, Myriane s'épanouissait comme une fleur qui, longtemps fouettée par le vent, aurait été transplantée dans une serre. Elle accompagnait Verneau à son bureau et elle venait l'attendre à la sortie. Le reste du temps, elle se reposait chez lui, elle s'attendrissait à pleurer dans ce cadre paisible, modeste, calme; elle s'abandonnait aux joies du *home*, du foyer, du coin tranquille où l'on peut *être soi*, en paix, seul, loin des regards hostiles, loin des conventions du monde, loin de tout... Plusieurs fois, au lieu d'aller au restaurant, elle voulut faire de la cuisine et dîner « en garçons. » Elle était charmante, plus gaie, plus jolie d'heure en heure, malgré la certitude du départ prochain. L'habitude du concert lui donnait déjà ce *momentanisme*, incroyable parfois, qui rend la joie encore possible malgré leur existence éternellement malheureuse, errante et fatalement dégradante le plus souvent, à tous ces chemineaux de l'art lyrique. Ces cinq jours! Quelle fête de caresses et de baisers ils furent pour les jeunes gens!... Pendant les trêves d'amour ils élaboraient des projets et accomplissaient des incursions dans le passé. Ah! pourquoi fallait-il qu'elle partît de nouveau vers l'aventure, vers ce *Casino des Roses,* au nom poétique, mais qui, pourtant, ne pouvait être, étant données les conditions de l'engagement, qu'un établissement de troisième ordre? Pourquoi n'était-il pas assez riche, lui, pour désintéresser l'agent lyrique en payant le dédit, d'ailleurs très disproportionné, inscrit dans l'engagement? Des rages folles prenaient le jeune homme à cette pensée. Myriane, caressante et résignée, lui fit entendre raison à grand'peine. Quinze jours seraient bien vite passés. Et quelle joie nouvelle au retour! Elle chanterait à Paris ou aux environs, tout près, l'agent lyrique l'avait promis. Et elle ferait tant et tant que jamais plus elle ne travaillerait hors de cette région. Quel bonheur! Se voir toujours! Être certain de ne plus se quitter! Et vivre ensemble le plus possible loin de toutes les bassesses et de toutes les cruautés du monde! Jusqu'au jour où la situation de Verneau s'étant améliorée — ce qui ne pouvait tarder beaucoup — Myriane pourrait ne plus s'appeler qu'Hélène et vivre en paix, sans cesse, aux côtés de l'Aimé!... Rêves, beaux rêves de vingt ans!... — Les heures passées à échafauder l'avenir étaient exquises. Celles pendant lesquelles les jeunes gens évoquaient la vie de la petite chanteuse à Lille, pendant le temps compris entre le départ de Charles et l'arrivée de Myriane à Paris furent assombries un peu — oh! pas longtemps! — par une confidence.

— Je ne veux rien te cacher... Je veux dire toutes mes joies et tous mes chagrins à mon ami... Je veux que tu connaisses toutes mes pensées, avait déclaré Myriane, avant de dire à Verneau ses craintes, à présent très atténuées, puisqu'elle était à Paris, près de lui, — et puisqu'elle allait plus loin encore de la ville flamande où elle avait tant souffert.

Elle aurait dû s'y attendre, la pauvre gosseline, à l'âme demeurée pure parmi la fange des beuglants et Charles aurait pu lui aussi (s'il avait plus réfléchi) s'en douter : l'hostilité dont Mme Linalda, chahuteuse en tous genres, poursuivait opiniâtrement Myriane n'était pas seulement motivée par une antipathie personnelle, spontanée, par une jalousie de vieille garce salie à tous les fumiers pour une jeunesse radieuse et réfractaire aux abominations en usage dans ce monde de la « goualante » et de la cuvette. Il y avait autre chose. Il y avait quelqu'un qui, prudemment, se dissimulait, mais dont les menées n'étaient pas moins actives. Ce quelqu'un, Myriane le connut mieux vingt-quatre heures après le départ de Verneau, — n'était autre que l'ignoble amant et allié de l'immonde Mme Linalda, chahuteuse en tous genres, ce quelqu'un était Babylas, comique-grime, le maigre, hâve, bilieux et dangereux Babylas. Avec la complicité évidente de Linalda, après des essais doucereux et des propositions crapuleuses, naturellement repoussées avec dégoût et violence, cet histrion s'introduisit dans la mauvaise chambre que la jeune fille, aux termes de son engagement, devait occuper, moyennant un prix fixé, au *Café Meunier* même. Elle devait aussi — en payant — y prendre ses repas ainsi que ses camarades. Le tenancier, bon garçon au prix de ses pareils, *tolérait* que ses pensionnaires couchassent et mangeassent hors de son établissement. Mais, bien entendu, la location et la pension demeuraient dues. Babylas, donc, s'introduisit, une nuit, après le concert, chez Myriane, la brutalisa et tenta de la violer. Un homme seul n'a jamais pris une femme qui se refusait, sans l'assassiner. Babylas fut réduit à se retirer, car sa victime ayant réussi à ouvrir la fenêtre donnant sur la rue Gambetta (elle n'ignorait pas que les « bons camarades » et le patron lui-même faisaient toujours « les morts » en pareille occurrence) appelait à l'aide. Or, si habile qu'il fut devenu par une carrière déjà longue, dans son commerce intermittent des « sacs de café vert » (1) Babylas, comique-grime, désirait tout de même ne pas entrer directement en relations avec la *renifle,* surtout de cette manière. Mais, en abandonnant la chambre de Myriane il lui lança avec un regard atroce, un :

— Au revoir, sale *vache !* qui ne laissait aucun doute sur son désir de représailles. Verneau savait le reste. A quelque temps de là, après avoir persécuté avec un acharnement inouï la petite chanteuse (toute la troupe et le patron lui-même s'étaient ligués contre elle pour lui faire subir affronts, privations, outrages), Mme Linalda trouva insuffisant encore d'avoir mis celle qui résistait à Babylas dans un état de santé déplorable. Myriane, plus seule à présent, loin de l'ami parti déjà ! plus énervée, plus exténuée que jamais dans cette atmosphère viciée, mal nourrie de ce que voulaient bien abandonner les autres et sachant que tant de jours encore la séparaient de la fin de son engagement, Myriane surmenée par les veilles et les farces méchantes, se traînait exténuée d'autant plus que cette vie atroce et sans hygiène possible, causait le retour des flueurs blanches, tare de son adolescence misérable comme de tant d'autres. Et Charles achevait la navrante histoire : La lettre infâme envoyée par Linalda, sous l'inspiration de Babylas et les heures de tranquillité morne parmi l'austérité lugubre de l'hôpital Saint-Christophe....

Et malgré la joie plus récente du séjour à Paris, malgré l'espérance qu'Hélène rapporterait tout le soleil du Midi sur

(1) *Sac de café vert* ou *sac* : femme (argot des misérables qui se livrent à la traite des blanches). G. N.

ses joues et dans son âme, ces pensées assombrissaient l'âme de Charles Verneau, mélancolique déjà de ce départ de tout à l'heure. Laissant tomber la lettre, la pauvre lettre qu'il relisait, son angoisse s'augmenta, car il se remémorait cette parole dont Babylas avait salué le départ de Myriane, lorsqu'elle revint chercher sa malle au *Café Meunier :*

— J' t'ai pas dit adieu, l'aut' coup. On s'ra pas sans se r'voir nous deux...

...Le train devait à présent se ruer à travers des plaines et des coteaux frisés de vignes. Et Myriane-Hélène, accoudée dans un compartiment regardait sans doute le paysage sans le voir, songeant à son ami comme son ami songeait à elle...

Charles Verneau remit la lettre dans le coffret sur lequel il avait fait graver l'initiale de la petite chanteuse, et il écrasa nerveusement une larme qui tremblait au coin de sa paupière...

CHAPITRE IX

Sur des ruines.

Myriane traversait le pont suspendu qui franchit le Rhône. Elle aspirait l'air chaud de cette vesprée estivale à pleins poumons, comme si elle venait d'échapper à une asphyxie. Les ailes de son nez très mobiles, battaient. Elle allait, un peu hagarde, à pas rapides, ainsi qu'une évadée, vers Beaucaire. De fait elle s'évadait — oh! pour quelques heures seulement, l'infortunée! — de Tarascon, de ce Tarascon de malheur, où elle avait trouvé la déchéance définitive. Stupéfaite de se trouver seule, de pouvoir jouir d'une apparence de liberté, elle allait, droit devant elle, quasi-fugitive Le plancher du pont trop fragile sonnait sous ses talons rapides comme un gigantesque xylophone, et les vibrations courtes se noyaient tout de suite dans les remous du fleuve presque à l'étiage.

Elle allait, la malheureuse, dans la splendeur du Midi d'été. Car le Midi n'est lui-même qu'en été alors que des caravanes d'hivernants ne le dédaignent pas. La Provence est faite pour le grand soleil, comme la Hollande est faite pour la brume. Il faut voir l'Amstel, peuplé de mouettes blanches, en novembre. Il faut voir le Rhône, coupé de bancs de sable roux en août. Mais Myriane ne voyait rien, rien que l'autre rive qui représentait pour elle la liberté. Elle allait donc pouvoir passer une après-midi presque entière en dehors de Tarascon, ville maudite, et loin de l'immonde *Casino des Roses* et du boulevard Itam, dont elle venait enfin de s'échapper, pour la première fois, depuis son arrivée. Devant elle, c'était Beaucaire. Elle franchissait, sans y songer, le fameux pont sur lequel Tartarin, par la volonté victorieuse d'Alphonse Daudet, pensa mourir. Beaucaire et Tarascon, villes semblables d'aspect au premier abord, étendues face à face sur chaque rive du Rhône, villes heureuses, on dirait. — villes où Myriane souffrit tant, qu'elle perdit tout courage, toute volonté, toute dignité, toute espérance !... Elle arrivait à Beaucaire, et un peu rassurée mainte-

Elle appela, puérile, à voix basse... (Page 68.)

nant qu'elle savait n'être pas suivie, oubliait tout et s'oubliait pour regarder les choses et les gens. Elle constatait la similitude d'apparence des deux villes.

Dans une poussière d'or — au milieu d'un paysage vert et perle, où s'affirme mieux le contraste des cyprès, pareils à des haches de silex noir, et des routes, semblables à des lames courbes chauffées à blanc — c'est une assemblée tumultueuse de toits en tuiles roses et de feuillages, au-dessus desquels se haussent discrètement les silhouettes illuminées de quelques clochers anciens. Mais cette ressemblance n'est qu'apparente. Dès que l'on entre dans les rues des différences s'établissent.

Certes, les voies sont étroites à Beaucaire comme à Tarascon, comme « en Arles », comme ailleurs, et c'est une nécessité. Entre les maisons, le soleil ne pénètre que lorsqu'il est d'aplomb au-dessus des pavés; la plus grande partie de la journée, il précipite sur les murailles de gauche l'ombre violette ou bleue des murailles de droite, et *vice versa*. Une aimable fraîcheur s'établit sur les trottoirs, où les bonnes femmes, aux coiffes arlésiennes, vivent de l'aube au soir. On ne demeure à l'intérieur que pour dormir.

De cette habitude d'exister en public, dans une lumière qui idéalise toutes choses, de ce bonheur facile que dispense la terre, sont nés la race et l'esprit individualistes de Provence. Alors que le Nord est unioniste, alors que l'amour de l'intimité du foyer est très vif parmi les humanités septentrionales, le Midi est incapable de discipline collective; l'amour pour le pays englobe toute la région et ignore le sentiment qui fait aimer un meuble de famille, la bonne odeur du linge blanc plié dans les armoires, le dessin du papier d'une chambre, les mille et une petites joies du *home*. Et la douleur de Myriane, fille du Nord, dépaysée parmi tout cela, fut plus grande dès le premier jour, de ce changement brusque d'habitudes et de mœurs, dans cette race où les individus travaillent peu et vivent bien, et possèdent, en outre, l'exubérance des peuples heureux. L'exubérance!... L'exubérance, qui avait d'abord interloqué Myriane, — l'exubérance, non l'enthousiasme, car l'enthousiasme vrai, profond, sincère, est l'apanage des nations septentrionales dont le labeur constant calme les ardeurs en temps ordinaire. Le Nord sait croire. Le Midi sait nier. Le Nord sait pleurer. Le Midi sait rire. Le Midi sait laisser au soleil le soin de boucher les trous de son manteau. Le Nord se tisse d'autres vêtements quand l'usure de l'étoffe laisse l'air rude mordre sa chair. Races opposées dont le Français est la moyenne. Races très différentes, physiquement et mentalement, — selon la volonté de leur ciel!

L'individualisme instinctif des méridionaux a fait naître un grand nombre de fables plaisantes : la rivalité existant de toute éternité entre Tarasconnais et Beaucairois, par exemple. Myriane n'avait pas lu Daudet, et pourtant elle vérifia vite l'existence de cette rivalité. En se rendant à Beaucaire elle avait conscience de se délivrer de Tarascon ; en passant le Rhône elle avait conscience de franchir une grande frontière. Mais bientôt elle se rendit compte que Beaucaire ne conviendrait pas plus que sa rivale à bercer sa douleur atroce. Beaucaire est triste, Beaucaire est une ville déchue !... Jadis elle écrasait Tarascon de sa supériorité. Aujourd'hui, Tarascon, devenue importante depuis la construction du chemin de fer de Paris à Marseille et à Port-Bou, rend à Beaucaire ses dédains d'antan.

Beaucaire, ville déchue !... Lorsque l'observateur s'est un peu ressaisi — et Myriane s'accoutumait à la lumière méridionale — lorsqu'il n'est plus ébloui par l'étincellement du soleil qui pulvérise brutalement ses rayons, à poignées, sur toutes choses — l'allégresse des couleurs est tempérée, puis presque annulée par la mélancolie de la ville actuelle. Beaucaire ! Beaucaire ! bâtie sur les ruines d'Ugernum, Beaucaire qui du haut de son château vers lequel Myriane se sentait attirée, — son château aujourd'hui ruiné, dont le donjon triangulaire découpe orgueilleusement ses créneaux sur le ciel — résista opiniâtrement aux deux Montfort, suivis de Gui, le belliqueux évêque de Carcassonne, — Beaucaire n'est plus qu'un silencieux chef-lieu de canton se souvenant de sa splendeur passée.

Tout parle d'autrefois dans la ville : les hôtels monumentaux, les porches à colonne, les façades sculptées aux fenêtres géantes, les arceaux hardis enjambant les rues, les balcons en ferronnerie d'art et ventrus, à l'espagnole, la mélancolie de vastes cours où l'herbe pousse, — ici, d'admirables cariatides, là, une longue frise de marbre où se convulsent des rinceaux et des feuillages et dont on fit un banc sur lequel dort un gueux ; ailleurs des ogives exquises sous lesquelles un entrepositaire dépose ses tonneaux. Beaucaire, ville de 15.000 habitants, qui pourrait loger 90.000 âmes, Beaucaire, ville déchue !... Le chemin de fer la ruina une première fois en rendant inutile la célèbre foire qui se tenait annuellement sous les ombrages fabuleux du *Pré*, — la promenade, — la promenade vers les gigantesques platanes de laquelle Myriane se dirige. La mévente des vins la ruina une seconde fois ; aujourd'hui la prospérité des vignes environnantes est presque une ironie. Les propriétaires dont les caves sont pleines ne trouvent même pas à *donner* leurs vins à quatre ou cinq francs l'hectolitre. Ils vendent leurs raisins à des courtiers qui les livrent à la consommation ; mais la mévente n'est qu'un malheur second. Qui ressuscitera la grande foire de Beaucaire, celle qui, depuis 1217, attirait tant d'étrangers, que des milliers d'entre eux devaient bivouaquer sur les rives du Rhône où l'on ne voit plus aujourd'hui que de rares lavandières? La ville devenait extraordinaire. Les indigènes habitaient les caves et louaient leurs appartements aux riches propriétaires venus de partout, à des prix tels qu'ils pouvaient se dispenser de travailler jusqu'à l'année suivante. Le fleuve était encombré de bateaux, les rues trop étroites charriaient une foule aux remous bruyants, et l'immense *Pré*, trop petit pour contenir toutes les baraques, tous les magasins, toutes les roulottes, tous les cafés et toutes les loges de saltimbanques, renvoyait vers la ville une multitude de commerçants. Toutes les industries et tous les corps de métiers étaient représentés dans les transactions. La *Rue des Bijoutiers* — Myriane lut ces noms sur les plaques bleues, au passage — rappelle que les orfèvres se réunissaient dans la ville, et l'*Allée des Faïenciers* perpétue le souvenir des vendeurs de vaisselle qui ne viennent plus. En 1869, cent mille étrangers débarquèrent encore à Beaucaire et le chiffre des transactions s'éleva à trente millions de francs. Aujourd'hui, quelques cafés, quelques forains. C'est tout ce qui reste de ce passé — prétexte à ripaille et à débauches sans outrance et sans grandeur. On peut constater dans divers quartiers les résultats des folies d'antan où les femmes d'ici se donnaient aux passants dans le délire qui métamorphosait toute la région. Myriane l'avait pu constater tout à l'heure à la sortie du pont de fer en considérant les « ouvriers du port » de Beaucaire. Les « ouvriers du port!... » population équivoque, où tous les âges se mêlent, où toutes les tares et toutes les splendeurs physiques se marient; vieilles faces hâlées recuites à tous les soleils, masques de vieux cuir, jeunes athlètes aux formes parfaites, mais paresseux invétérés vivant on ne sait de quoi (car le port de Beaucaire, au confluent du canal et du Rhône est d'une modestie!) couchant on ne sait où, levés avant l'aurore, étalés à midi en plein soleil sur les dalles chaudes, mangeant on ne sait quoi, et nés on ne sait de qui!... Myriane eût en les voyant la sensation de retrouver un enfer pire que le *Casino des Roses*. Oh! ces visages où se mêlent toutes les races, masques sarrazins par leur construction, grecs par le nez, nubiens par le front fuyant, éclairés d'yeux extraordinaires, parfois noirs comme de la houille et ombragés de boucles blondes, parfois d'un bleu de pleine mer, parfois jaunes comme des sequins, et parfois tigrés de lueurs effrayantes!...

Myriane, craintive devant ces hommes étranges plus encore qu'à travers les rues de Tarascon, se rassurait peu à peu à mesure qu'elle approchait des ombrages du *Pré*, rafraîchissants et solitaires, malgré les groupes de joueurs de boules qui là-bas, tout là-bas vers les arènes, se passionnaient. Elle se reposa quelques instants sur un banc de pierre. Elle se ressaisit un peu, mais le calme en elle n'était pas encore assez grand pour qu'il lui fût possible d'ordonner ses pensées. Et puis, comme elle tournait le dos au fleuve, le rocher du château se dressait devant elle comme un mur, un mur tout pavoisé de lianes et de lierres, mais déshonoré à sa base par les toitures, les fumées et la grille de l'usine à gaz devant laquelle un bonhomme roux — le directeur sans doute — fumait prétentieusement une pipe noire fichée à demeure dans sa gueule imbécile et rébarbative. Là-haut, au-dessus des arbres du *Pré* et comme prêt à s'écrouler sur eux, le donjon triangulaire du château dressait ses pierres dorées par un soleil millénaire. Myriane souffrit de cette borne mise à son horizon si près de ses yeux. Elle avait littéralement soif d'air et d'espace. Il lui sembla que de là-haut Tarascon lui apparaîtrait plus lointain, plus petit, et que le vent, arrêté ici par les arbres, soufflerait sur son âme, sur son cœur et sur tout son être pour en chasser toutes les souillures et toutes les hontes.

Après avoir contourné le rocher et gravi un escalier usé, elle arriva parmi les ruines. Elle parvint, lasse un peu, à la dernière marche du grand escalier blanc, aux dalles fendues, qui serpente à l'intérieur des anciennes murailles crénelées, rouillées et blondes. Elle fut un peu surprise en voyant que parmi les décombres, étalés avec soin, du vieux château, on a tracé les allées calmes d'une promenade publique et — heureusement — déserte. A cette idée sacrilège on a ajouté celle de placer, là-bas, derrière la colline naturelle des pins crispés au sol trop sec et à la roche nue de la colline, l'horreur de quelques ifs taillés par un coiffeur délirant. Mais la splendeur de la lumière efface tout cela.

Des cyprès noirs dressent leurs silhouettes funéraires parmi ces murailles éternelles qui font corps avec le rocher jaune dominant toute la vallée et le Rhône.

C'était la « taule », la maison où le brutal Brouzin parquait ses pensionnaires... (Page 68.)

Myriane s'accouda entre deux créneaux, pâle un peu de voir la muraille et le rocher à pic sous ses yeux. Le fleuve large et majestueux roulait ses ondes au pied du château du roi René, pareil à un jouet oublié dans la vallée, sur l'autre rive, à côté de Tarascon dont les pâles tuiles demi-rondes donnent l'illusion que la ville est couverte avec des pétales de roses roses. Derrière, la vallée s'allongeait, la vallée sans fin, verte et or, implacablement. Immédiatement au-dessous du rocher — Myriane osait à peine y regarder, car elle redoutait le vertige — la masse verte des platanes du *Pré* érigeait sa magnificence.

Autour de la petite chanteuse c'est la splendeur des ruines désertes, silencieuses et culminantes. L'atmosphère parfumée est une incomparable friandise qui la caresse et qui la grise un peu. L'odeur des pins, le parfum des cyprès, celui des menthes sauvages et des dernières roses qui pendent entre les créneaux se mêlent et se complètent. Une huppe pavoise de son vol l'espace bleu. Des hirondelles enguirlandent de leurs quadrilles le beffroi triangulaire enchâssé dans l'acier du ciel. Les machicoulis qui crachaient jadis des pierres et de l'huile bouillante sur les hommes, lancent, aujourd'hui, des oiseaux vers les nues.

Mais Myriane voulut aller plus haut encore, plus loin de la terre, en haut du beffroi, en plein ciel. Elle escalada l'escalier en vis de la tour. Elle pût à peine passer tant il est exigu. Des salles, des salles vides où les guetteurs jouaient aux dés en attendant leur tour de veille, des salles désertes, mortes, plus fraîches de laisser voir le ciel brûlant par leurs meurtrières, des salles où des anneaux étranges sont scellés, un peu effrayants lorsqu'on évoque leur utilité de naguère, des salles sur les murs desquelles s'aventure parfois quelque petit lézard furtif et téméraire.

Myriane arriva sur la plate-forme supérieure. Sa bouche s'ouvrit comme pour crier d'admiration.

Le panorama s'était encore agrandi. Un cercle formidable limitait la terre et le ciel qui se prolongeaient. Des bancs de sable apparus derrière l'île des Gernica, que le pont de Beaucaire enjambe, paraissaient être — si plats sur les eaux planes — un caprice de la lumière...

Clarté consolante et gigantesque qui ravit les misérables yeux humains ! Et, à cette hauteur, en plein espace, Myriane eut enfin, pour la première fois depuis son départ de Paris, le courage de revivre les heures maudites de sa déchéance et de sa honte définitives...

CHAPITRE X

La « Taule ».

Myriane revécut ses quelques journées de Tarascon. Oh! le
douloureux calvaire!... Partie la veille à 11 h. 55 du matin —
après un dernier déjeuner, si triste et si tendre! en tête-à-tête
avec Charles Verneau, elle était arrivée à cinq heures, à l'aube
suivante, dans la ville de Tartarin. La gare étrange, triangulaire comme une tête de reptile, lui parut hostile et noire. Et
pendant que le train continuait sa route elle entrait au buffet
où un garçon, les paupières pesantes, lui servit un café au lait.
Le jour se levait sur la cité très calme, un jour d'été, au soleil
trop tôt apparu. Six heures tintaient à Sainte-Marthe lorsque
la petite chanteuse, frileusement serrée dans son manteau de
voyage, sortit de la gare. Des eucalyptus poussiéreux bor-
daient le remblai de la voie. Plus loin ce fut le *Cours* planté
de platanes où les cafés et les hôtels commençaient à s'ouvrir,
puis la ville, la vraie, la vieille ville enfin, déjà éveillée et toute
répandue dans ses artères principales. La nouveauté des choses
surprit un peu Myriane. Elle demanda son chemin, pour aller
au *Casino des Roses,* boulevard Itam. Un brave « plombeur » (1)
qui se rendait à son travail la renseigna, un peu étonné. Aller
au *Casino des Roses* à pareille heure!... Myriane parcourut des
vieilles rues et des impasses aux maisons chancelantes, au sol
pavé de *calades* aiguës. Elle sourit aux portails enguirlandés
de treilles en auvent qui offraient leurs lourdes grappes ver-
meilles au-dessus des seuils usés. Aux coins des rues, dans des

(1) Plombier.

niches, subsistaient des saints de jadis. Puis, au faubourg de Jarnègue, elle découvrit enfin le boulevard Itam, le boulevard Itam du matin et la féerie de sa fin de marché quotidienne, car, dès quatre heures, toutes les aurores le voient se couvrir d'écroulements de fruits arrivant des *mas* environnants. Pêches au parfum de chair, figues violettes à l'odeur fiévreuse, « pommes d'amour » vertes et rouges, poivrons tourmentés, prunes craquelées et raisins lourds, melons ambrés et aubergines noires : toute une fête de couleurs que tous les Cooks omettent de signaler sur leurs guides. Un bourdonnement incessant coupé de locutions populaires, véhémentes, d'exclamations forcenées, de jurons bénévoles : « *Couquinasse dé sort!... Et autremain!... Té! Cassius!...* et le reste. Enfin, là-bas, sur cette grande baraque en planches bariolée d'affiches, une enseigne déteinte s'étale : *Casino des Roses.* C'est là.

C'était là ! Tout de suite Myriane eût peur lorsqu'elle franchit la grille de bois qui fermait ce hangar. A l'intérieur, sur la terre battue, des tables de bois et des chaises de paille en désordre. Un comptoir à une extrémité de cette pseudo-salle mal close, un rudiment de scène et un semblant de décor à l'autre. Quelques rares lampes électriques et, sur le côté, des boxes fermés et grillés de lattes très serrées. La réception qui fut faite à la nouvelle venue, valut celle qu'elle obtint au *Café Meunier.* Le tenancier, un hercule au visage inquiétant, lui exposa ses... devoirs, d'un ton rogue : prendre tous les repas en commun, avec « les autres », moyennant 90 francs à déduire de ses honoraires d'artiste (un quart d'heure après le commencement du service le repas est compté en supplément à la retardataire); défense de jamais manger ailleurs, sous aucun prétexte; loger dans la chambre (40 francs, à déduire sur les honoraires) assignée par le tenancier, chanter de huit heures à minuit; faire la quête (10 °/₀ au profit du tenancier, « car moi, je suis honnête, disait l'hercule, je pourrais prendre la moitié, comme les camarades »); être « très aimable » avec les clients (résiliation immédiate sur la première plainte d'un de ces messieurs); accepter toutes les offres de consommation et prendre les liqueurs les plus chères; après minuit souper avec les clients si ceux-ci le demandent : en un mot « faire tout pour la prospérité de la maison ». Le tenancier — il s'appelait Brouzin — lui posa enfin une dernière question :

— Vous êtes assez *bath!...* jeune, fraîche... Etes-vous bonne soupeuse?

— Je ne sais pas... Je...

— Si... D'ailleurs je vous ferai connaître un *micheton* qui a de l'*auber*. I' n'est pas joli, joli... mais i' casque bien. Et...

L'essentiel était de savoir « allumer » la clientèle... (Page 68.)

— Mais, je ne veux...

— De quoi?... *Sufficit*, hein!... Marius, conduit la nouvelle *gonzesse* à la *taule*. Tu prendras sa malle à la gare, après.

Et le colosse avait tourné les talons.

Marius, une sorte de gnôme à face bestiale, obéit.

... Quand Myriane se trouva seule dans la misérable chambre obligatoire, elle pleura. Elle se tourna vers Paris et appela, puérile et désespérée, à voix basse :

— Charles ! Charles !... entre ses sanglots.

Une chaise, un lit. Sur le carreau rouge, non balayé, pas de descente de lit. Ni couverture, ni garniture de cheminée. Des cloisons si minces que les artistes voisins entendaient tout ce qui se passait chez les autres. C'était la *taule*, la maison où le brutal Brouzin parquait ses pensionnaires. Dès qu'elles surent que la nouvelle était là, les sept dames du *Casino des Roses* passèrent de leur chambre dans la sienne. Et il fallut jaser, répondre aux questions, brutales ou perfides, subir les confidences de toutes ces malheureuses, misérable troupeau résigné depuis longtemps à habiter l'abattoir et ne songeant plus à résister au boucher. Plusieurs auraient mieux aimé être mortes « pour sûr »... mais quoi ?... Au fond de l'être humain, l'amour de la vie subsiste malgré toutes les souffrances et tous les dégoûts. Elles restaient là, préférant la certitude de manger et de dormir à l'aventure des changements. Certes, Brouzin était brutal et la vie était dure : tout compte fait, il ne restait pas aux malheureuses cinquante francs de numéraire par mois. Mais le « patron », dès lors qu'on faisait son affaire, aimait à conserver son personnel — et quelquefois, quand les affaires allaient à son gré, il « se fendait » d'un « chouette gueuleton » et même d'une gratification générale. On chantait n'importe comment ; l'essentiel était de savoir *allumer* la clientèle, composée de la garnison, de quelques petits jeunes gens de la ville et parfois aussi de bourgeois qui venaient là en se cachant : il y avait pour eux une salle réservée où l'on jouait aussi. Et ça encore c'était fatiguant ; finir la nuit autour des tables où les officiers et les rentiers venaient perdre leurs louis. On jouait à tout : au bac, au chemin de fer, à la faucheuse... La police n'y voyait que du feu, et d'ailleurs, à Tarascon comme ailleurs, on aime assez à violer les lois en commun. Parfois on avait affaire avec des clients brutaux qui se permettaient des privautés aussi douloureuses que gratuites, et on n'avait pas le droit de les gifler comme ils le méritaient : c'était çà le gros inconvénient du « métier » pour « ces dames ».

— Et puis, ajoutaient-elles, i' y a des jours où on fait des sept ou huit passes par vingt-quatre heures, ici, au *Casino* ou bien là où le client veut bien nous emmener. Pour çà, ma p'tite, i' faut s'y faire. Mais comme c'est à peu près partout le même *blot*... un peu plus, un peu moins... surtout quand on a un patron qui a ses défauts, mais enfin qui a aussi bien des qualités...

Myriane, béante de stupeur, ne pleurait plus. A entendre parler ces créatures avilies, simples, bestiales et pourtant bonnes, au fond, pour la plupart, elle avait la sensation atroce qu'elle venait d'entrer dans une maison de tolérance. C'était cela, l'art! C'était donc cela partout, le concert! Il fallait bien le croire, puisque son expérience se trouvait confirmée, avec aggravation, par l'expérience de ces « roulouses » contentes d'avoir enfin trouvé une étable sûre et relativement paisible, après quelle existence d'ignominie et de misères inconcevables!... Myriane ne pleurait plus. Elle ne pouvait plus pleurer. Elle étouffait.

Ce fut pis encore, lorsque le bavardage de ses compagnes, avides de nouveauté, heureuses de voir quelqu'un s'étonner de leurs récits et les écouter avec une attention épouvantée et passionnée à la fois, achevèrent de « la mettre au courant de la situation ». La troupe se composait de huit femmes et de deux hommes seulement. Les hommes, d'ailleurs, à l'inverse des femmes, changeaient souvent. Il était bien rare qu'un chanteur *fît* plus de quinze jours au *Casino des Roses*. Le premier de ces artistes s'appelait Pauvernel, un petit vieux, qui avait eu jadis son heure de célébrité à Paris et qui, maintenant, pour n'avoir pas su prévoir le lendemain, promenait de bouis-bouis en beuglants, là où le souvenir de son nom le faisait accepter encore, les débris de sa voix et ceux de ses vieilles chansons chavirées dans sa mémoire usée, — pauvre vieux Pauvernel, déjà à moitié rentré en terre, tant il était courbé — et chantant tout de même. Le second était arrivé depuis quelques jours seulement et ces dames le craignaient beaucoup. Il avait déjà, avec l'approbation de Brouzin, dont il paraissait être l'âme damnée, obligé deux de « ces dames », Antoinette et Lucie, à mettre à son service personnel, et « à l'œil », les talents spéciaux réservés en général, moyennant une honnête rétribution, aux clients sérieux en veine de joies charnelles. Antoinette, résignée et « pas bileuse » avait « marché » sans rechigner. Elle rapportait de cette intimité temporaire une opinion : « C'est un mâle et un costaud »! Lucie, plus jeune, plus fière, voulut protester, résister, *rouspéter!... Rouspéter!...* Ah! sang dieu! çà n'avait pas traîné! Dans les chambres voisines on avait tout entendu. L'homme était entré, exigeant. La fille

Antoinette, « pas bileuse », avait « marché » sans rechigner...
(Page 69.)

s'était révoltée, elle avait voulu crier devant les menaces.
Alors d'un coup de poing le mâle l'avait étendue sur le
carreau de la chambre, puis il s'était rué sur elle et l'avait
possédée brutalement, à demi évanouie et en larmes. Il n'était

sorti de chez Lucie qu'au matin. Ah! ç'avait été une nuit extraordinaire de luxure folle, froidement féroce, à la suite de laquelle la malheureuse faillit ne pas pouvoir chanter le soir. Mais Brouzin, incrédule, obligea sa pensionnaire à « travailler » comme de coutume. Il la fit presque porter de la *taule* au Casino par Marius, et l'alcool aidant, cette nuit-là Lucie accomplit sa tâche comme de coutume — et elle n'en mourut point. Elle le constatait, d'une voix éraillée, devant Myriane. Elle ajouta:

— C' que j' plains sa femme à c' corps-là! I' paraît qu'il est comme qui dirait en ménage avec une chanteuse. Seulement ici le patron l'a engagé seul parce que sa *gonzesse* est pas assez jeune. Alors elle est restée dans le Nord, je sais pas où... à Lille, à c' qu'on dit, pendant que lui il est ici.

A ces paroles, un frisson secoua Myriane toute. Elle demanda, haletante :

— Comment s'appelle-t-il?

— Je connais pas son vrai nom, mais i' met sur ses affiches : Babylas, *comique-grime*. C'est un *mec*, et un vrai...

Alors Myriane devint grelottante et livide.

... A présent, immobile en haut du donjon de Beaucaire, la petite chanteuse, accaparée tout entière par l'évocation de ces souvenirs si récents et si douloureux, demeurait les yeux grands ouverts sur l'espace et ne voyait plus rien.

En bas, sous les arbres du *Pré*, éclataient de loin en loin les cris des joueurs de boules...

CHAPITRE XI

Au « Casino des Roses ».

Oh! l'horrible nuit qu'elle passa le jour même de ses débuts au *Casino des Roses*, Myriane!... En se rappelant cette odieuse aventure qui marquait pour elle une déchéance sans issue et la rendait indigne pour jamais de *son* pauvre Charles qui l'attendait; confiant, là-bas, à Paris, — dans ce Paris immense et redoutable où elle avait eu tant de joie pendant quelques jours, — en se rappelant cette odieuse aventure, la malheureuse frissonna, bien qu'elle fût en plein soleil.

Rien, pourtant, ne lui faisait prévoir cet ignoble attentat. Son installation dans *la taule*, selon l'expression du patron, fut rapidement faite. Tout en jasant, les compagnes de « la gommeuse » l'aidèrent à remuer son lit et à étaler ses hardes sur l'édredon et sur la chaise. Vint l'heure du déjeuner réunissant autour de la même table les huit femmes et les deux hommes de la troupe. Babylas (c'était lui) railla bien la nouvelle venue, il attacha sur elle son méchant regard et murmura aussi des menaces sous forme de plaisanterie: il n'épouvanta pas Myriane autant qu'elle l'aurait cru. La présence de ses huit compagnes, bonnes filles, et aussi celle de M. Pauvernel, grand vieillard à la taille courbée, évoquant, avec quelque facilité d'élocution, ses succès de jadis, au temps où il était en vedette, « oui, mes chers camarades, » à l'*Eldorado* et aux *Folies-Bergère* de Paris, la rassurait un tantinet. Pourtant un pressentiment lui faisait se remémorer les dernières paroles de Babylas, à Lille, au *Café Meunier*, lorsqu'elle était allée y chercher son bagage. Elle les entendait encore, ces paroles de voyou :

— J't'ai pas dit adieu l'aut' coup. On s'ra pas sans se r'voir nous deux.

« On s'ra pas sans se r'voir. » En effet, et si peu de temps après le départ! Babylas, déjà au mieux avec le patron et redouté des femmes, bien qu'il fût seul, bien qu'il se fût séparé de l'horrible et malfaisante Linalda! Pourquoi était-il précisément à Tarascon? Coïncidence? Mais puisque l'engagement de Myriane était d'abord allé au *Café Meunier* avant de lui être renvoyé à l'hôpital Saint-Christophe, peut-être n'ignorait-il pas... peut-être venait-il exprès pour la rejoindre, pour se venger... Mon Dieu!...

L'après-midi fut calme. Le patron vint chercher Babylas à la fin du repas.

— Eh bien!... nous filons chez le comte, n'est-ce pas? La bagnole attend... avait dit Brouzin.

Les deux hommes étaient sortis sans explications plus amples.

Et, pendant que toute la tablée s'interrogeait (« le comte?... Quel comte?... Encore une manigance à leur façon?... Ou un boniment à la graisse de chevaux de bois!... » etc...). Hélène réfléchissait. Elle redoutait confusément l'avenir.

Monsieur Pauvernel. (Page 72.)

L'après-midi fut paisible. Le vieux Pauvernel annonça qu'il allait faire un tour du côté du fleuve pour voir pêcher au *carré* et prendre un air de soleil. Antoinette et Lucie commencèrent leur écarté quotidien.

— Elles en ont pour jusqu'au dîner, comme d'habitude, expliqua la grosse Lisa avec qui, derrière les autres artistes, la petite chanteuse remontait vers les chambres. — La sieste est de rigueur chez les Méridionaux. Elle devient une nécessité pour les malheureuses qui chantent, boivent et jouent du soir à l'aurore. C'est l'heure où *la taule* est paisible. Seule, dans son misérable taudis, après avoir clos sa porte, veuve de verrou comme toutes les autres (elle s'en aperçut avec effarement), Myriane, silencieusement, pleura. Elle étouffa ses sanglots de peur d'être entendue par ses voisines. Elle avait besoin d'être seule. Elle ressentait le besoin de fuir loin, n'importe où, vers Charles Verneau, vers son Charles? Oh! pourquoi avait-elle signé cet engagement maudit et pourquoi surtout avait-elle rejoint Tarascon? Ils auraient dû partir tous deux, elle et lui, sans dire où ils allaient. On ne les aurait pas retrouvés... Et ils auraient été heureux... Et... Hélène sentait sa tête se perdre. Elle faisait les projets les plus fous. Dans son désarroi elle ne savait plus que faire, lorsqu'elle avisa sur le bord de la fenêtre un vieil encrier poussiéreux, dans lequel trempait une plume rouillée. Elle commença tout de suite une longue lettre à Charles Verneau, une lettre éperdue dans laquelle elle s'exprimait toute, fougueusement, sans plan, sans logique, sans phrases...

— Il comprendra, lui... Il me devinera, balbutiait-elle.

Lorsque ses doigts crispés sur le porte-plume devinrent douloureux — la lettre n'était pas finie — elle se leva et regarda dehors. Sa fenêtre, située au premier étage, s'ouvrait sur le carrefour de deux petites rues. Deux femmes tricotaient, assises sur leur seuil. Un savetier martelait une semelle avec une paresseuse irrégularité. Les toits ruisselaient de lumière. L'air sentait le pain chaud, la sueur et le miel. Deux manœuvres s'installèrent sous la fenêtre pour jouer aux sous et le tintement du billon sonna sur le trottoir, rythmé par le :

— *Teste ou flour?* (1) traditionnel.

Myriane enviait la sérénité de tous ces gens. Ils étaient libres, eux. La vie ne paraissait pas trop lourde pour leurs épaules et l'avenir ne les inquiétait pas. Elle, dans cette chambre sordide et sombre, se faisait de plus en plus, en regardant le soleil et la ville, à l'idée qu'elle se trouvait enfermée dans une geôle dont elle ne sortirait plus si on ne venait la

(1) Tête ou fleur, c'est-à-dire : Pile ou face. — G. N.

délivrer. Pauvre enfant affolée !... Elle se remit à écrire et ne cessa que lorsqu'elle entendit la voix du gnôme Marius annonçant le diner du bas de l'escalier.

Elle descendit. La lettre n'était pas encore achevée ; elle ne devait l'être jamais.

Aussitôt après le repas toute la troupe remonta pour s'habiller. S'habiller, c'est-à-dire, pour les femmes, se déshabiller pour la joie grossière des spectateurs, revêtir des oripeaux fanés, dessous de dentelle jadis neufs, corsages laissant les épaules très nues et autorisant toutes les maraudes, jupes courtes et baleinées, décorées de paillettes et d' « applications » tapageuses, costume de travail pour les malheureuses, costume de fête pour les mâles en fièvre, livrée de toutes les prostituées clandestines qui conservent *officiellement* un reste de liberté ! M. Pauvernel, lui, endossa son vieil habit blanchi aux genoux

La brise tiède du soir passe dans les feuillages étoilés de lampes à arc.... (Page 76.)

et aux coudes par l'usage, essaya de se redonner une apparence de jeunesse à l'aide du raisin, du rimmel et de la poudre — il donnait parfois, aux débutantes, des conseils sur l'art du maquillage — et à travers les rues sombres et quasi-vides, ce fut l'exode de chaque soir vers le boulevard Itam, vers le *Casino des Roses*, où, son éternelle cigarette collée à la lèvre inférieure, le pianiste Numa Roumieu dévidait d'une allure égale des écheveaux de *Valses bleues*, de *Fascinations* et autres *Sur tes lèvres*, — toute la série des mélodies râlées des

Rodolphe Berger et des Octave Crémieux, des Goublier et des Margis.

La soirée fut plus mouvementée que ne l'imaginait Myriane, habituée à la placidité coupée de brutalités soudaines et irrésistibles du public clairsemé des régions septentrionales.

Le public qui se renouvelait partiellement d'heure en heure devint de plus en plus nombreux, comme tous les soirs. Que faire après une journée torride qui a surchauffé les tuiles de la petite cité? Oui, après le dîner, aller comme d'habitude fumer un cigare à la terrasse d'un des cafés du *Courss* National, où le vent tiède du soir passe dans les grands platanes étoilés de lampes à arc. C'est bien, cela, pour les petits rentiers, pour les officiers de la garnison, pour les fonctionnaires de l'endroit et pour les commis-voyageurs de passage. Parfois, les deux ou trois grandes hétaïres de l'endroit — elles ne suffisent pas à la besogne — daignent honorer ces messieurs

Le capitaine Bordenayve. (Page 78.)

du spectacle de leur jeunesse incomplètement terminée. Parfois, quelques vertus séculaires organisent bien de calmes manilles ou des piquets passionnants, mais... Et les travailleurs du port de Beaucaire? Et les tâcherons que la besogne de la journée ne fatigua pas suffisamment?... Et les honorables commerçants qui redoutent une nuit orageuse? Et les soldats de la garnison, les fringants cavaliers du 11e hussards? Que faire en attendant dix heures, les jours ordinaires, et minuit les jours de permission?... Et les instituteurs qui enseignent une philosophie qu'ils ne pratiquent pas et rêvent obstinément de

M. le notaire Pierratugues. (Page 78.)

beauté, d'amour, de gloire?... Toute la petite ville se rue au concert où elle retrouverait la lassitude et l'ennui si elle ne savait y rencontrer aussi la caresse au rabais, la luxure à tarif réduit, la chair à plaisir ennoblie par un semblant d'art, ce qui pimente le sacrilège des voluptés dites coupables. Toutes les classes de la société qui s'évitent dans les rues et se haïssent en temps d'élections, toutes les classes se rencontrent, se coudoient dans un même appétit de gravelure et de bamboche. Oh! la tristesse effroyable de ces beuglants infâmes, l'horreur de ces assemblées hétéroclites puant l'alcool, la bière, la vinasse et empoisonnées par la fumée âcre des tabacs à bas prix! Myriane ne s'insurgea pas contre le braillement universel couvrant les accords du piano et la voix des « artistes ». Elle sourit des quolibets, des cris, des sifflets et des applaudissements qui saluaient chaque numéro. Cela c'est la règle. Il faut bien que le public qui paie un bock trente centimes s'amuse, et qu'il « en prenne pour son argent », en bafouant collectivement l'infortunée créature que « le patron » lui livre.

Le *Casino des Roses* était plus fréquenté ce soir-là que de coutume. Pensez donc, un début! Chose rare, car Brouzin n'aime pas changer de personnel : « des femmes sûres et capables de faire un travail soigné », répétait le colosse avec un rire gélatineux. On avait vu arriver la débutante ; on la disait jeune et assez jolie. Et les affiches écrites à la main annonçaient : *M*ᵐᵉ *Myriane, gommeuse*. Gommeuse! Ah! potin de bonne mère! Le receveur de l'enregistrement n'avait pas pu dîner. Tous les lieutenants de la garnison engageaient des paris pour savoir qui « se l'appuierait » le premier. Et le tenancier du grand 68, de la rue du Baptême avait pour la circonstance, autorisé ses pensionnaires à aller de dix heures à minuit, en sa compagnie, voir la nouvelle venue au *Casino des Roses*. Tout l'arrière-port de Beaucaire passait le pont pour la circonstance, et dans la salle la table de ces messieurs, en chandail et en espadrilles voisinait avec celle où le capitaine de Bordenayve, un lévrier russe couché à ses pieds, plastronnait en la compagnie de M. Vèleran, le docteur, de M. Pierratugues, le notaire, et de M. Bedunel, le grand entrepositaire. « *Pas de femmes, pas de femmes, c'est-est l'o-ordre du général* », chantonnait le vieux Pauvernel, en observant la salle. Pas de femmes, comme d'habitude, sauf pourtant la *Mounine*, femelle connue des mariniers, qui carrait sa sinistre tête de vieillarde à côté de celle de son jeune mari. Et la Mounine avait soixante-quatorze ans! « La *Mounine!* une célébrité, expliquait M. Pauvernel à Myriane, le crime personnifié ». Elle avait fait quatre ans de prison pour avoir livré, moyennant vingt francs, sa fille,

en robe de première communiante, à un saligaud qu'on n'avait
pas revu. Et elle s'était mariée, la grande garce, malgré son
âge, malgré son masque de gargouille et malgré son sourire
qui découvrait ses six dernières dents si jaunes, et « de cette
longueur », au portefaix Fiart, qu'elle entretenait avec l'argent gagné par elle à rôtir des forêts de balais. Pour excuser
son ignominie, le Fiart expliquait que s'il avait vingt-neuf ans
et la Mounine soixante-quatorze, elle avait aussi « le tempé-
rament et surtout... l'intérieur (!) d'une jeunesse ».

Monde sinistre, assemblée vengeresse de toutes les hypocri-
sies sociales où la bestialité humaine, où la salauderie contemporaine se dévoile pour une heure et se montre dans sa hideuse
nudité!... Et quand il fallut faire la quête!... (1) Quel martyre!
Quels propos à entendre! quels attouchements à subir! Myriane,
nerveuse à pleurer, crut qu'elle ne reviendrait pas de cette tournée. Elle se découvrit, au retour, des bleus sur tout le corps ;
sa robe était endommagée, — et elle s'estima heureuse de
n'avoir pas été obligée par le patron d'accepter le verre de vin ou
la chopine qu'une brute saoûle s'obstinait à lui offrir. La quête
fut d'ailleurs fructueuse. Malgré cela, Myriane alla déclarer à
Brouzin, assis à son comptoir et en conciliabule avec Babylas
(dont le regard ne se modifiait pas), qu'elle ne quêterait plus de
la soirée dans ces conditions. Elle s'attendait à des blasphèmes,
à des outrages. A sa stupéfaction, le patron lui répondit avec
une douceur inhabituelle :

— Comme tu voudras, la môme. Tu plais au public. T'es assez
gironde pour çà. Faut pas trop les gâter tous ces sagouins-là.
Quête ou quête pas, comme tu voudras.

Myriane remercia. Mais le mince sourire que Babylas lui
décocha l'inquiétait plus que jamais.

Et la soirée continua. Lucie, Antoinette, Lisa et les autres,
entre leur tour de chant, s'asseyaient sur les genoux des
consommateurs qui les invitaient, et se laissaient caresser sans
résistance vaine par les grosses mains de « ces messieurs ».
Quant aux pensionnaires du grand 68, elles aguichaient quelques
respectables ventres à chaînes d'or. Et le beau geste libéral du
tenancier de leur couvent numéroté devenait une excellente
affaire, — sans que pour cela le commerce... artistique de
M. Brouzin s'en ressentit.

(1) On sait que, grâce à M. Clemenceau, les quêtes sont interdites dans les
concerts depuis le 1ᵉʳ janvier 1907. Cela ne signifie pas qu'elles n'aient plus lieu
nulle part! .— G.N.

Dans une petite pièce attenante au beuglant on jouait, comme
tous les soirs, car le patron tenait à profiter de sa clientèle jusqu'au bout, et à lui éviter la course des Cercles où l'on pouvait,
exclusivement, avant son arrivée à Tarascon, se livrer aux dou-

Ces dames avaient quitté le casino pour se rendre vers des
hôtels hospitaliers. (Page 81.)

ceurs du baccarat et des autres moyens de perdre en quelques
heures ce que l'on a gagné en quelques années.

Il fallut aussi, après minuit, heure de la fermeture du concert,
que toutes les artistes se rendissent autour des tables de jeu
pour pousser à la consommation et pour stimuler, par leur pré-

sence, ceux de messieurs les joueurs que la fatigue ou la réflexion envahissaient.

A trois heures du matin, six de « ces dames » avaient quitté le Casino pour se rendre vers des hôtels hospitaliers. Lucie et Myriane seules demeuraient plus farouches. — Le nombre des joueurs diminuait trop pour que l'on s'obstinât à jouer. Depuis longtemps M. Pauvernel devait dormir dans la paix de *la taule*, — à moins que quelques-unes de ses camarades ne fussent revenues accompagnées et ne fissent la fête dans leurs chambres.

— On irait bien se *pagnotter*, patron, déclara Lucie.

— Si vous voulez, répliqua Brouzin, décidément plus aimable ce soir-là que de coutume. Pour ce qui reste !

Et il désignait d'un air méprisant les cinq derniers clients qui, ayant cessé de jouer, sirotaient à petits coups deux raspails, un kummel, une chartreuse et un brou de noix.

Myriane et Lucie s'enveloppèrent de leurs « sorties de bal », et à travers la paix parfumée et tiède de la nuit, se dirigèrent, lasses, vers *la taule*, satisfaites d'avoir terminé leur pénible tâche.

CHAPITRE XII

La Bête humaine.

La taule. Tranquillité absolue. Hormis Lucie et Myriane, toutes ces « dames » découchaient. Aucun client n'avait été tenté par l'immeuble de Brouzin.

Lucie et Myriane saluèrent d'un « bonsoir » individuel le gnôme Marius, qui dormait au pied de l'escalier, tout habillé, comme d'habitude, sur son lit de sangle, elles prirent chacune leur bougeoir et elles se souhaitèrent bonne nuit dans le corridor.

Enfin, seule !... Myriane-Hélène se retrouvait seule dans cette chambre misérable, il est vrai, mais la nuit paraissait si douce, si maternelle, la paix de la maison et de la ville était si absolue que, consciente de sa grande lassitude, la petite chanteuse se permit de dormir, de dormir le plus qu'elle le pourrait. Dormir ! Pendant cette mort passagère, qu'on appelle le sommeil, elle oublierait ses maux, et qui sait? Peut-être rêverait-elle de Charles, de Paris, du bonheur !

— Une journée de passée ! répétait-elle en se déshabillant. Plus que quatorze jours, et après cela !...

Après cela, parbleu ! Paris et Charles, sans doute !... Elle se coucha, trouva délicieuse la fraîcheur et la mollesse des draps de grosse toile, et ne tarda pas à dormir, — à dormir comme on dort à vingt ans !...

. . . .

— Si monsieur le Comte veut passer...

Et Babylas, comique-grime, ayant ouvert doucement la porte de la chambre où reposait Myriane, s'effaçait.

M. le Comte, une sorte de slave blond aux yeux bleus, au teint livide, figure extraordinairement vieille, bien qu'il n'eut pas dépassé la quarantaine, pénétra, tremblant de luxure, dans la misérable pièce obscure. Sur ses talons, un bougeoir à la main,

Myriane se trouva seule... (Page 82.)

Brouzin entra. Il déposa la lumière sur l'unique chaise, dont il enleva les hardes étendues par la petite chanteuse, et dit, en désignant le lit :

— Voilà. Je pense que monsieur le Comte sera content. Jamais nous n'avons eu mieux à lui offrir.

— Et puisque monsieur le Comte aime bien que ça n'aille pas tout seul, ajouta Babylas, les dents découvertes dans un hideux sourire, je pense que, cette fois, il sera servi comme il faut.

Cependant Brouzin refermait la porte, et, pour obvier à l'absence du verrou, il plaçait la chaise devant. La bougie, ainsi transportée, allongeait d'étranges ombres sur les murailles nues et sur le plafond lézardé.

Le comte s'approcha du lit. Eveillée par la lumière et les chuchotements, Myriane ouvrit les yeux. D'abord, elle ne se rendit pas un compte exact de ce qu'elle voyait. Sa bouche s'ouvrit comme pour crier, mais elle demeura aphone. Puis elle reconnut la silhouette colossale de Brouzin, debout devant la porte ; elle repoussa les mains du comte qui s'avançaient vers sa poitrine, et son épouvante ne connut plus de bornes lorsqu'elle aperçut derrière cet inconnu le visage orageux et crispé de Babylas. Babylas ! le patron ! Et cet homme, aux yeux ravagés de luxure, qui portait les mains sur elle ! Myriane se crut, un instant, le jouet d'une hallucination. Ses doigts repoussaient l'atroce vision, la vision folle. Mais ils rencontrèrent la main brûlante de l'inconnu, dont le souffle l'effleura. Le comte balbutiait des paroles d'adoration crapuleuse. Sa bouche s'abattit, vorace, sur le visage de Myriane qui, cabrée toute dans une révolte instinctive, cria à pleine voix :

— Au secours ! A l'assassin !

Puis elle s'évanouit. Mais ses appels perçant la minceur des cloisons, résonnèrent à travers toute la « taule », réveillant en même temps Lucie et le vieux Pauvernel ! Marius entendit l'horrible cri de bête mal tuée que poussait la « gommeuse », mais, prévenu sans doute, il ne bougea point.

Dans la chambre, cependant, le drame, horrible, se déroulait. Au premier cri, le comte, épouvanté, recula comme un malfaiteur surpris ; mais Babylas se précipita sur la malheureuse et, sans hésiter, il la bâillonna en lui enfonçant dans la bouche un mouchoir à carreaux qu'il tenait, évidemment préparé, dans sa main. Brouzin lança un : « Nom de Dieu ! » rageur, à mi-voix.

A ce moment, M. Pauvernel ouvrait la porte. La chaise glissait sans se renverser, par miracle, et le vieux Pauvernel tentait d'entrer. Le patron lui assénait une « mandale » dans l'estomac qui le projetait, suffoquant, contre la muraille du corridor avant qu'il ait eu le temps de voir quoi que ce fût. Et Lucie, qui accourait derrière lui, le ramenait, à demi évanoui, vers son lit, encore désordonné par ce réveil en sursaut.

. . . .

Elle se coucha, trouva délicieuse la fraîcheur des draps de grosse toile... (Page 82.)

Le lendemain, Myriane ne chanta pas. Elle déchira le billet de cent francs qu'elle trouva sur son lit lorsqu'elle reprit ses sens, et elle adressa une plainte au commissaire de police qui vint trouver le tenancier et, satisfait des renseignements obtenus, ne donna aucune suite à cette affaire. Si on écoutait toujours les catins des beuglants, on n'en finirait jamais, n'est-il pas vrai?...

Myriane, révoltée, raconta ses aventures aux autres pensionnaires de la « taule ». Celles-ci se moquèrent d'elles et la blâmèrent d'avoir déchiré le *fafiot*. Elles en voyaient bien d'autres, elles, et on ne les payait pas aussi bien, il s'en fallait! Voyons, dans le « métier », il ne faut s'étonner de rien, et quand on tombe sur une pareille aubaine, il faut savoir en profiter. Quelle gosse, que cette Myriane! D'autant plus que le comte — la malheureuse l'avait entendu appeler ainsi par Babylas — était connu. Ces dames s'étaient renseignées en ville. On prétendait que ce gentilhomme, habitant un château des environs, était syphilitique et qu'il avait contaminé une de ses domestiques. Mais c'était là, probablement, un racontar de servante congédiée. En tous cas, la justice ne s'était jamais occupée de ce riche châtelain, et il n'était pas une de ces dames du *Casino des Roses* qui n'eût été heureuse de lui faire le don de ses faveurs, s'il avait bien voulu les accepter. Et voilà que cette gosseline de Myriane faisait des « chichis », racontant une histoire de viol auquel auraient participé Babylas et le patron lui-même!... Allons donc! Et les dires de Lucie et du vieux Pauvernel, qui se plaignait d'avoir reçu un coup de poing au creux de l'estomac, ne parvinrent pas à modifier l'opinion première.

La permission insolite que Brouzin, satisfait sans doute de la générosité du comte, accorda le soir, à sa « gommeuse », de ne pas chanter, ne fit pas varier non plus cette opinion. La jalousie fit même dire à ces dames :

— Elle en a de la veine, celle-là! Elle n'a qu'à faire sa Sophie et le patron marche. Si on en faisait autant nous autres?...

Voilà où elle en était à présent, la malheureuse! Le crépuscule allait venir. Elle songea à redescendre vers Tarascon, vers le *Casino des Roses*, cet enfer au nom menteur : il faut bien vivre. Voilà où elle en était!

Elle n'osait plus écrire à Charles Verneau, et sa longue lettre écrite le jour maudit de son arrivée, n'était point partie. Elle n'aurait pu lui cacher sa honte. Il lui semblait qu'elle était à jamais souillée et que désormais elle serait indigne de l'amour de celui qui l'attendait là-haut, là-haut, à Paris, où elle n'oserait jamais retourner à présent.

Et dans cet enfantillage apparent résidait l'horreur d'un pressentiment qui devait se préciser bientôt par les soins de l'immonde Babylas, comique-grime.

Elle déchira le billet de cent francs qu'elle trouva sur son lit lorsqu'elle reprit ses sens... (Page 85.)

CHAPITRE XIII

...ipsaque mors nihil.

Deux jours après sa promenade au château de Beaucaire, Myriane prit une détermination irrévocable à la suite d'une entrevue qu'elle eût avec Babylas. Ce dernier qui était parvenu à faire engager, par Brouzin, Mme Linalda, chahuteuse en tous genres, profita d'un instant où, entre deux tours de chant, — toutes les artistes étant disséminées dans la salle du *Casino des Roses*, au gré de la paillardise des consommateurs — la petite chanteuse se trouvait seule dans la loge où la troupe s'habillait, pour lui dire, avec quel accent de haine crapuleuse — Myriane entendait encore longtemps après les syllabes tomber une à une, implacablement. des gencives malodorantes du comique :

— Eh! ben! T'as beau continuer à faire la sucrée... Tu m'aimes pas des tas, la môme... Mais t'as pas fini! Si ça peut te faire plaisir, Linalda est engagée ici. Elle arrive demain. Quand elle va savoir que tu es là, elle va *s'boyauter!* Ah! tu voulais pas *d'mézigue*... Ah! mes propositions te plaisaient pas... Ben j't'en ai collé un, et tu y as passé. T'as eu beau vouloir gueuler et t'évanouir... Ton évanouissement, ça l'excitait... Comme i' *casque* salement et comme il a la vérole par là-dessus, c'était tout c'qui t'fallait. J't'avais bien dit qu'on se r'verrait nous deux! Qu'est-ce que t'en dit de Babylas?... *Tant qu'à ta* plainte, tu penses si on s'en tape : tu peux attend'e pour que *la rousse* s'en occupe... Ah! t'as pas voulu d'Babylas, eh! ben à c't'heure c'est Babylas qui veut pus d'ta tirelire, eh! boîte à vérole!... Tu vas voir ça quand Linalda va rappliquer!...

Ce fut le dernier coup de massue. Oh! l'atroce révélation!... La malheureuse entrevit son avenir effroyable, sa déchéance irrémédiable, l'ignominie dont elle était la victime irresponsable, ses espoirs à jamais brisés.

... On découvrait le cadavre d'Hélène Moret, dite Myriane...
(Page 90.)

Elle écrivit une longue lettre à Charles Verneau.

. . . .

Vingt-quatre heures plus tard, Mme Linalda, « chahuteuse en tous genres », apprenait, à son arrivée au *Casino des Roses*, qu'on avait trouvé Babylas, comique-grime, mort sur son lit, à la « tante », une épingle à chapeau fichée, à fond, dans l'œil gauche. Cette épingle appartenait à « Mⁿᵉ Myriane, gommeuse ».

...A trois heures de là, on découvrait le cadavre d'Hélène Morel, dite Myriane, échoué sur l'un des bancs de sable du Rhône, non loin du pont de Beaucaire.

L'enquête conclut à un suicide. La petite chanteuse avait dû se jeter dans le Rhône vers cinq heures du matin, après avoir exécuté le comique. Marius déclara lui avoir ouvert la porte à quatre heures.

Cette aventure fournit aux Tarasconnais un sujet de conversation qui ne varia pas pendant plus de huit jours.

Brouzin engagea un autre grime, puis une autre gommeuse.

Et les Tarasconnais parlèrent d'autre chose.

24 décembre 1907.

FIN

TABLE DES CHAPITRES

BIBLIOTHÈQUE LITTÉRAIRE
ILLUSTRÉE

✻✻✻

Volumes de luxe illustrés sur papier couché, à 0 fr. 75

PARAISSANT TOUS LES MOIS

Cocuave et Cᵗᵉ, Éditeurs, 13, rue Thérèse, Paris

✻✻✻

Ces volumes sont signés des noms de nos meilleurs littérateurs et contiennent tous un roman complet.

VOLUMES PARUS :

EDDY & PADDY
d'ABEL HERMANT

Eddy et Paddy, c'est l'évolution de l'amour, de l'enfance à l'adolescence, décrite avec un art parfait, un style élégant.

Des tableaux de la vie d'une harmonie exquise, d'une description incomparable, font du roman d'Abel Hermant une œuvre parfaite que voudront lire toutes les jeunes filles, tous les jeunes gens épris de l'Art et du Beau.

Prix hors série : 0 fr. 65

MARIAGE PARISIEN
de MICHEL PROVINS

Spirituellement écrit, badin sans gravelure, *Mariage Parisien* est l'histoire combien de fois vécue d'un jeune ménage parisien qui commença par un grand feu de paille, dans lequel on dévora gloutonnement le

gâteau sucré de la lune de miel pour reprendre, trop vite, hélas! la vie
absorbante, surtout bien dangereuse, des réceptions et des flirts. Et les
choses se gâtent, et pour un caprice, pour un mot maladroit, on s'en va
divorcer, quand l'amour finit par triompher des intrigues déjà nouées par
les bons amis qui se réjouissaient de vivre — les parasites! — aux dépens
des époux désunis.

Un compte rendu forcément dépourvu du charme de l'intrigue ne
saurait rendre tout l'éclat du dialogue dans lequel Michel Provins est un
virtuose, tour à tour spirituel, attendri, ironique, charmant toujours. Les
délicats savoureront la finesse de cet agréable récit, qu'illustrent de nombreux dessins.

Prix : 0 fr. 75

POUR PARAITRE EN AOUT :

LE PRÉ DE L'AMOUR

de **GEORGES BEAUME**

Georges Beaume n'a pas écrit d'œuvre plus délicieuse que *Le Pré de
l'Amour*, dont nous allons mettre en vente une édition admirablement
illustrée.

Le Pré de l'Amour, c'est à travers le récit bien pittoresque de la
période de 1870 dans le Midi, un drame d'amour capricieux, violent,
toujours jeune, tout frémissant d'une franche joie de vivre. Dans ces pages
inoubliables, qu'éclaire une fine note d'art, deux partis sont aux prises, les
deux classes sociales d'une petite ville qui est l'image de toutes nos cités
françaises. Par sa sincérité, ce roman apporte à l'établissement d'un moment
de notre histoire une contribution bien curieuse. Par sa couleur, par son
émotion, il laisse même aux plus délicats le meilleur souvenir d'une saison
toute fraîche d'amour et d'allégresse.

Prix : 0 fr. 75

COLLECTION GALANTE
HISTORIQUE

Volumes illustrés à 0 fr. 60

Courcier et Cie, Éditeurs, 13, rue Thérèse, Paris

Tous ceux qui voudront connaître les dessous de l'Histoire liront la **COLLECTION GALANTE**, romans inédits.

Tous les secrets des héroïnes de l'Histoire y sont dévoilés, l'amour joue le plus grand rôle dans ces romans où le baiser et l'épée voisinent côte à côte dans les jardins fleuris et sur les champs de bataille.

Tous ces volumes sont illustrés d'après des documents authentiques.

VOLUMES PARUS :

André Flotron . . . . **GABRIELLE D'ESTRÉES**

Irénée Mauget . . . . **LOUISE DE LA VALLIÈRE**

Pétrus Durel . . . . **MADAME TALLIEN**

Léon Viel des Rivières . . . . **MARIE MANCINI**

Georges de Dubor . . . . **JOSÉPHINE BONAPARTE**

Alphonse Crozière . . . . **MARIE-ANTOINETTE**

Original en couleur
NF Z 43-120-8